潛水

다이브 DIVE

深 海 的 記 憶

丹陽 단요 ——— 著

中文版作者序

《潛水》是以二〇五七年的韓國首爾當作背景，並且是淹沒的首爾作為故事主軸所撰寫的作品，那是個戰爭爆發、文明世界崩塌、豐足無憂的人生已成為過往美夢的時代。

以這項設定作為背景的故事，大多聚焦於人類的生存本能與人性之惡，但我認為不僅只是如此，因為人類無法終其一生相互鬥爭、搶奪、厭惡，即便時代變遷，資源匱乏，但活下來的人們總將尋覓適應環境的生存之道，所有來自外在的恐懼與失去將會彼此和解，人也與自己和解，傷痛的記憶會在時間的洪流裡得到釋然。

雖然和解不是件易事，躲避問題的核心，將過往的傷痕積累於心的人太多太多，許多人在長期逃避的情況下，甚至遺忘了該和什麼人事物解開心中的結。由於每個人的立場與想法不同，即使一起經歷相同的事件，每個人心中產生的問題仍有所不同。因此，從外表看來已經平息，但那些未曾訴說過的角落卻會長久折磨當事人的內心深處。

《潛水》是探討人經歷重大事件與失去後的故事。歷經剝奪浩劫後的人類，遷移至海面上的山頂生活，思考人生的下一步。書中的字裡行間，沒有相互競爭、為了生存的鬥爭，而是一本該如何與自己相異的人們一同活下去所需要明白的故事。

台灣是《潛水》第一個於海外出版上市的國家，心懷感激的同時也相當開心能用這部作品和台灣讀者見面，希望台灣的讀者們可以盡情享受這部作品。

目錄

泡在水裡的世界

首爾一直以來都是韓國的同義詞。

即使世界上所有的冰川全都融化成海水淹沒了建築物；即使仁川泡在水裡、國與國之間發生戰爭，甚至固守韓國的水壩崩塌，首爾的居民仍然繼續生活在首爾。

當然現在已看不到凌晨時分還在載運貨品的運輸司機，冰箱裡再也沒有堆滿的食物，以往熟知的鐘路區或是冠岳區等知名的行政區域，也被北岳山或南山等高海拔的山區所取代，人們不再居住於公寓，而是轉為住在山區，適應種植馬鈴薯、豆類等作物過活，或是下海捕魚的生活方式。

在這些人之中，有些不怕深水的孩子會選擇成為潛水員。他們背上潛水氣瓶潛入水中，尋找那些未膨脹的罐頭、油罐、杯盤或刀具，有時也能找到密封的電子產品，或是漂浮在水裡的直排輪、可以遠距收發訊號的頭盔、筆記型電腦等等。

雖然大部分的東西已經無法堪用，但潛水後能得到的戰利品是所有人的目標與自尊心，屯之山的孩子相當自傲自己找到根本毫無充電方法的電子遊戲機。南山的孩子們則是將有效期限早已超過十年之久的抗生素們，堆成像座小山般。至於老姑山呢？除了五年前帶回來的懸浮滑板以外，再也沒有找到任何值得誇耀的戰利品。

雖然南山比老姑山的面積大上十倍，潛水員的數量也相對較多，因此以條件來說，老姑山的孩子們在人數不足的情況下仍表現優異，但是敗者的狡辯總是蒼白無力的，那也是宣率仰賴一艘小船來到這裡的原因之一。

「還說我是實力不足才這樣，但明洞那種熱鬧地方明明就離他比較近……。」

宣率和南山的潛水員佑燦起爭執是十天前的事。佑燦說若是耗費力氣入海潛水，結果只能帶回普通罐頭的話，倒不如把潛水裝備讓給他，叫宣率去務農種馬鈴薯就好。宣率聽言一怒之下決定與佑燦比賽誰能找到更好的戰利品，期限是半個月，由位居兩座山中間的屯之山潛水員負責鑑定。

規則很簡單，宣率和佑燦兩人必須在龍山區找到堪用的物品，限制搜尋範圍是為了保持比賽的公平性，畢竟對於原本常去的地方一定相當熟悉，如此一來有失客觀。宣率若是贏得比賽，可以獲得在明洞地區潛水的權利，但倘若輸了，不僅需讓出潛水氣瓶，就連比賽的戰利品也得雙手交出，因為屯之山的潛水員已經騰出地盤作為比賽用途，當然要有所收穫。

這是一場天堂與地獄的打賭。

從首爾的地面往天空望去，整個世界被一片青藍色覆蓋，太陽是一球白色的圓點，周圍淡藍色的光芒隨著水愈深，逐漸變暗。

頭盔上的LED燈雖然亮度很低，但至少能區分顏色，宣率低頭望向腰間的安全繩結，每隔半公尺會有一道紅色顏料，這意味她已經下潛至二十公尺的深度了，直到黃色顏料出現前，她要解開繩索，將其維持不打結的狀態，繫綁在附近建築物的鋼架上。

—妳知道在小船上拉繩子很困難吧？記得準時回來。

語帶擔憂的聲音自潛水頭盔裡傳來，那是宣率的夥伴，智歐。

—現在還只是散步左右的深度，有什麼好擔心的。

—以前都是自陸地跳下水，然後跟弟妹們一起抓著繩子的，但這次不同了啊，是真的有可能丟掉小命，小心點。

—我又不是剛學會潛水的菜鳥。

雖然宣率故意頂嘴，但她明白智歐的擔憂，一名潛水員下水，至少要有三名以上的人員分工合作。一個人拉繩子，一個人確認頭盔裡的視角，還有一個遇到危險狀況時能跳入水中救援的人。但現在負責照顧宣率的人只有智歐一位。

—如果情況危急，馬上回來，如果妳死了的話就沒有機會雪恥了。

—好、好、好，我會照顧自己的。

旁邊的牆上掛有一枚金屬招牌，上面的字體寫得斗大，這裡是RBD銀行。宣率握住D字母的下緣，靠在上面，環視著前方海域。建築物們猶如神話故事裡的雕像，在眼前羅列成排，通往無止盡的黑暗，宣率調整呼吸，繼續前進。

她的目的地是一棟名為阿克羅公寓的六層樓建築。這裡離陸地有一段距離，需要乘坐小船前來，但海平面上放眼望去只是一望無際的虛空，根本想不出值得宣率冒著生命危險來這裡的理由。

但是真正有價值的戰利品，最常出現在不受眾人注目的普通地點，宣率將繩索綁在大樓的入口處，繼續潛入黑暗之中。一樓大廳由於長期浸泡於水中，所有顏色彷彿皆沖淡轉白，當她進入地下室時，能感受到海水的壓力加劇，那種感覺彷彿在厚重的棉被裡一扭一扭地划水，重力壓迫全身的動作。

階梯前有一張椅腳斷裂的椅子，看起來像纏繞在岩石上的藤壺。宣率將雜物往旁邊一推，沿著右方的牆往上游去，隨後進入了第二扇門。門牌上寫著第二保管室，裡面有著一整排高至天花板的鐵製層架，鐵架做成一格格的形狀，其中鑲進透明的塑膠盒。

然後在一個幾乎達到腰部高度的箱子裡……。

—這……真的是人類嗎？

宣率猶如喃喃自語般發問。

—一定是機器吧，又不是沒看過故障的機器人，但的確很少看到這麼完好無缺的機器人。

—那些機器人一看就知道只是團廢鐵，可是這些機器人有皮膚，還有頭髮，甚至長相也不一樣，你不覺得奇怪嗎？

—那妳覺得如果是一般的人類，可以待在這裡不吃不喝，過著毫無氧氣的生活嗎？

在層架間來回的宣率停在其中一個箱子前。頭盔上的橘紅色燈光沿著厚重的塑膠邊緣端詳，光線照亮安坐在裡面的人，她的輪廓在光照下顯得更加清晰，那是一名穿著白色上衣的少女。

她的那頭黑色長髮吸引了宣率的目光，那種深黑色在首爾的底層已經看得生膩，甚至只要現在關掉頭盔上的燈光，就能整個人沒入這片黏膩濃稠的墨黑之中；但少女的髮色卻有別於那些黑色，它更加地鮮豔搶眼，這樣的形容詞是無法用來描述每天放眼所見的黑色，那是抹令人陌生的黑。

宣率透過頭盔發起牢騷。

—她從什麼時候被放置在這裡的？

—首爾好像是在我們兩歲，還是三歲的時候變成這樣的，應該至少有十五年以上了。

—那個時代應該連這麼高級的機器人也很稀少吧？

—說不定很普遍啊，如果真的是重要物品，會放任她被水淹沒嗎？

—有時候我真的搞不清楚，你是我的夥伴還是佑燦的夥伴。

由於淹水的狀況太過嚴重，再加上沒有妥善保存，首爾的機器人全都是故障的狀態，無一倖免，因此那些機器人絕大多數被拔除電池與零件後就盡數丟棄。但若是能活動的機器人則是另當別論，如果將仍能運轉的機器人帶回去，任誰都會把票投給宣率。

—需要了解一下她的充電方式，好像沒有太陽能板……是單靠電池運轉嗎？

—先回來再思考吧，妳的空氣所剩不多了。

智歐所說的時間只剩五分鐘左右，宣率奮力推動箱子，兩邊設有能當把手的凹槽，她將繩索解開，將箱子綁在繩的另一頭，在移動的前一刻，她回頭望向少女。

水紋在光影中搖曳，在她緊閉的眼下形成鱗片般的紋路。

●●●

箱子沒有想像中來得重，雖然在途中有稍作休息，但也足以靠兩人的力氣將其搬至山頂，少女大約是十歲孩子的重量。

「這根本是個人啊！」

「好一陣子沒看到妳，原來是因為這個東西嗎？從哪裡拿回來的？」

「好了、好了，閃遠一點，壓到腳會受傷。」

將箱子搬進小屋時，其他的孩子們全吱吱喳喳地聚集過來，當智歐忙著趕走他們時，宣率按下箱子正中央的紅色按鈕，蓋子隨之開啟，眼前出現的是一個小型的收納盒，裡面裝有好幾種電線和一本小冊子，她將所有用品拿出，翻開那本說明手冊：

Icontrols 使用最新的神經位元掃描科技，能完整重現已逝親友的記憶與意識。歡迎透過購買方案，使您再次擁抱親愛的孩子，訴說未完的話語。

Icontrols.newcomer.com

雖然看不懂這些話的意思，但似乎不是充電的方法，宣宰為了找尋充電的插頭將少女取出箱外，她看起來宛如人類，但皮膚的觸感的確不同，摸起來光滑無比，用指甲壓進皮膚的感覺就像摸著一塊柔軟的玻璃。

用肉眼看她的外表沒有一絲接縫處，她伸手仔細摸索少女的背部，她的脊椎像許多六面骰子堆疊起來般，凹凸不整，宣率的手停在脖子的下方，她將頭髮撥至一旁，脖頸上有個拇指般大小的凹槽，覆蓋著猶如皮膚觸感的塑膠材質蓋子，打開之後下方是能連接電線的插頭。

「可是這跟我們所使用的手動發電機好像互不相容。」

「不相容嗎？」

「我確定無法順利充電。」

智歐跟叔叔學了很多電器的相關知識，他將拆開塑膠套的電線團拿在手上仔細研究。

「妳看，這個梯子模樣的電線，是用來輸出影像的，大概是用於播放機器人眼裡的攝影內容，然後這個是……。」

「就算聽你這樣形容，我還是聽不懂。」宣率沒好氣地回話。

「趁這個機會學習啊，我不是從以前就告訴妳要學這些知識，我難道是從出生就知道機器是怎麼一回事嗎？」

「光是要記得首爾的地圖就忙不過來了，還要記這種瑣事的話，我的頭會先爆炸。」

眼前必須解決的問題只有一項，機器人不僅沒有太陽能板，上頭的插孔又與手邊的手動發電機不相容。

不會動的少女宛如那些故障的機器人，就只是一堆零件的綜合體罷了。雖然帶回跟人類長得如出一轍的戰利品已經很厲害了，但卻無法保證能打敗佑燦，如果他帶回能順利啟動的懸浮滑板，屯之山那些傢伙一定會判佑燦奪得勝利。

「……該怎麼辦才好？」

「妳怎麼一副好像要世界末日了。」智歐擺出看不下去的表情。

「我難道有說沒辦法了嗎？」

「你的意思就是沒辦法了啊。」

「那是因為妳打斷我。妳看這裡，有兩個呢。」

智歐拿出紅色的圓筒電池，將塑膠殼的底端拔起，底下露出熟悉模樣的電線，宣率隨即露出欣喜的神情。

「原來是用電池！」宣率一邊大叫，一邊將視線轉往少女的下肢。機器人的肢體若是要行動自如，腰部是最重要的區塊，如手臂般粗大的電池應該不可能放在腰部，能放進電池的地方只有腳部了，這台機器人會特別不一樣嗎？宣率最後在大腿後側找到一枚蓋子。

「只要放進去就好了，對吧？」

「先試試看，雖然不知道裝上去後是否還需要充電……距離打賭還剩幾天？」

「那時候說好十五天後，今天已經第十天，那就剩五天了。」

宣率自智歐的手中接下電池，她忽然停止動作。心情像是越過一座高大丘陵後，在山稜線間發現一座隱密橋梁的感覺，將電池放進去，蓋上蓋子後，就代表少女會被啟動，那她看到我們會說些什麼呢？她應該只記得首爾被大水淹沒前的樣子。

她是個會思考的機器人嗎？還是像屯之山那些人所擁有的奇怪音響，會依序講出一些預先設定好的回答？她突然覺得機器人這個單字好古怪，究竟是機器，還是人呢？雖然少女如果真的能像人類一樣說話、思考，一定會讓大家驚豔萬分，每一位評審必定會判宣率勝利。

但是她沒有勇氣向少女解釋這一切的來龍去脈。

「妳不知道怎麼放電池嗎？」

智歐看到宣率一動也不動，伸出手想自己裝電池，但在宣率下意識要退到後面時，突然想起手冊上的標語，剛才因為看到太多陌生的單字，因此沒有放在心上，現在回想起來，她發現自己錯過了一件重要的事。

「等一下、等一下！」宣率放下電池，拿起一旁的手冊。

「你看這裡的第一句，你知道這是什麼意思嗎？」

「Icontrols 使用最新的神經位元掃描科技，能完整重現已逝親友的記憶與意識。」

智歐吃力解讀著手冊上的句子，對著不熟悉的英文與陌生的用語唸起來相當拗口。

「Icontrols、神經位元……掃描……第一次看到這些字耶，這種東西感覺叔叔也不會知道。」

叔叔是負責扶養宣率、智歐等超過七名孩子的大人之一，同時也是教導智歐操作機器方法的老師，他原本正在附近的大學就讀博士班，當堤防崩塌時，是他帶領慌亂的人們來到老姑山，在此定居落腳，這些人也包括了泰榮幼兒園嫩芽班的孩子們。

「不是，不是指那一句，這裡說能完整重現已逝親友的記憶與意識，所以代表她是某人已經逝去的親友。」

「已逝……所以是死掉的人……。」智歐的眼睛忽地瞪大，

「意思是她是以前死掉的人？」

「沒錯，應該是把死人做成了機器人，讓機器人跟原本的活人擁有相同的想法，也可以再次活動。」

說出這番話時，宣率突然覺得死亡變得好陌生。只要活著就必定有一天會離開這個世界，難道以前有躲開死亡的方法嗎？就像將食物結凍，無論過了幾天或幾個月仍能食用般，死人也可以如法炮製嗎？

宣率想起那些永遠離開世界的人們，只要現在躍入水中就能望見許多不知名的屍體，她也曾自那些來不及上岸的潛水員身上拿走氣瓶。死亡不只發生在海底，也會發生在山上。原本僅是咳嗽的小感冒惡化成肺炎只是轉眼之間的事，被釘子刺到的傷口一旦化膿，就連抗生素也來不及阻止發炎的速度，那種時候唯一能做的只有準備好安葬的墓地。

人們將亡者埋葬的同時，也將記憶一同深埋，即便剩四根手指，也可以用兩根手指拿釣竿，剩下兩根牢牢抓著墓碑，不過卻沒有人這樣做，為了活下去，必須遺忘離開的人。

宣宰回想著這個定律，愈覺得眼前的少女相當不真實，這是為了延續亡者的生命所製作而成的機器人，少女的年紀看上去不過十五歲左右，在十五年前，首爾有著少女思念的人，也有那些少女所愛、也愛少女的人們。

「她應該還有記憶，機器人只要有電池，就能像一般人行動。」

無論多說什麼，結論還是相同，智歐的表情逐漸僵硬。

「如果她醒來，似乎會有很多想說的話，她會問原本認識的人去了哪裡，自己又該如何以這副樣子活下去，還會……。」

「還會問我們為什麼叫醒她。」

宣宰接續智歐不敢說完的話，智歐用慎重的表情點了頭，宣宰揣測著少女的想法。她聽大人們說，以前即使冬天也不用擔心難熬，因為只要一扭開水龍頭，就會有溫熱的水緩緩流出，那是一個充滿魔法的時代，機器少女原本開心生活在那樣和平安逸的地方，結果一醒來要迎接灰暗陰沉的世界，還只能窩在簡陋的小房子內，只要是正常人一定無法接受。

宣率打開少女的雙眼，沿著少女的眼睫毛望去，想像夢被打碎的場景，若是人類能如此輕易沉浸腦海裡剩餘的美好記憶有多好，如果人類的內心有如此簡單就好。

「吵醒正在做美夢的她，醒來一定心情很差吧。」

宣率說出心中的疑慮，智歐沉默一陣子後開口回答。

「但……還是要醒來吧，總有一天會醒來的。」

「倘若她永遠不會醒來呢？如果她持續做夢呢？或是當她醒來後，忘不了那個夢怎麼辦？」

少女仍沉睡在過往的時光，那是個無法與現在比擬的美好過去。可以在物品仍堪用時選擇丟棄，就算在冰箱塞滿食物，一不小心忘記有效日期也沒關係的時代。雖然那是一場美夢般的幻想，但如果是這種夢，宣率願意做著這樣的美夢活活餓死也沒關係。

「先把她喚醒後再說吧，只剩不到五天的時間了，要在這幾天裡找到好東西應該很難……若是想要贏佑燦哥，絕不能拿出平凡的東西，如果妳再下去拿其他的櫃子上來，也會發生相同的問題。」

「……再這樣下去，氣瓶一定會被搶走，我才不想跟他道歉。」宣率坦率地承認。

「妳還真清楚自己的處境，反正她如果沒有電力就不會運作，我們只要跟她說明原委，然後拜託她跟我們去屯之山，等待比賽結束就願意幫她拔電池。」

「拔電池？」宣率念念有詞，不斷在腦海思索智歐的主意，他講的其實沒錯，一旦切斷電源，機器就會恢復初始狀態，回到即使遺忘也無妨的漆黑之中，可是換個角度來想，向這台機器人說明完這個與她的認知截然不同的世界後，再告訴她只要配合我們，幾天後願意替她拔除電池，這樣的提案無論怎麼想都相當不合情理。

她不知道該從何向機器人解釋，而且真的這麼簡單就能與機器人達成協議嗎？會不會太輕而易舉了？

「她如果不願意然後逃走怎麼辦？或是自己跳海讓機械故障……。」

「這要等啟動後與她溝通看看才知道。」智歐輕輕低下頭。

「但總比什麼都不做來得好，因為再這樣下去妳一定會輸。」

守護

少女的反應出乎意料地冷靜，頂多只是來回望著智歐跟宣率，然後問說這裡是不是死後的極樂世界而已，宣率比起胡謅那些美麗的謊言，她選擇如實告訴她自己所知的事發經過。

當時世界的冰河全數融化，海平面大幅上升，首爾的附近建起水壩，但後來戰爭爆發，水壩因戰亂而倒塌，大水淹沒整座首爾市，而那已經是十五年以前的事情。

安靜聽著說明的少女木然地開口問道：「那我為什麼會在這裡？」

「我們是潛水員，會潛下海到首爾找尋以前的物品。那棟大樓是我第一次進去，潛到地下室後看到許多塑膠櫃，然後很納悶為什麼要把人放在櫃子裡。」

但是宣率沒有坦承與佑燦的打賭，她打算熟識之後再慢慢告訴她。少女似乎聽完來龍去脈後不再感到困惑，點點頭後陷入沉默，她泰然的態度像是走過漫長的來路，猶豫是否要踏上全新世界的冒險家。不過這樣的反應卻讓人更心急。

「我跟妳說，我保證這裡的生活比起以前真的糟糕太多了，雖然我們沒有真的看過正常的首爾，但妳一定比我們了解，因為妳的記憶不是還停留在那裡嗎？我的意思是……如果妳不喜歡這裡，想要回去海裡的話，我可以送妳回去。」

「妳要殺死我嗎？」

少女的反應完全超出宣率所設想的所有可能。等等，她知道自己是機器人嗎？如果她還留有記憶，那最後一段記憶是什麼時候呢？她會問我們這裡是不是死後世界，是因為記得臨死之前的事嗎？她這般絲毫不害怕也不生氣的情緒反應，或許是因為她記得自己死了，卻沒想到會以機器人再次復活，因此才沒有真正意識到現在是什麼情況。

「嗯，其實……。」左顧右盼的宣率拿起智歐腳邊的說明手冊。

「妳跟這個東西放在一起，妳看一下，內容不會很長。」

少女用雙手接過手冊，來回看了好幾次內容。那四句文案其實相當好理解，困難的是接受這些內容所代表的事實。宣率察覺自己手心冒汗，她朝著少女的雙眼望去，寬度不一的邊框線條裡，包圍出一個漆黑的圓洞，成為少女的瞳孔，她的眼角閃爍出些許光亮，當宣率就要深陷那些光點碎片之際，少女開了口。

「我記得幾個月以前，曾與這間公司聯絡過，他們說在二〇三八年的最後一個月，為了要完整收集大腦的資料，需要在頭上貼電極貼片一個月，因此我把頭髮都剃掉了……沒想到現在又長出來了呢。」少女看著宣率，然後勾起嘴角露出笑容。

「啊，已經不能用幾個月前形容了，對吧？」

真是令人意外，少女不僅知道自己已死，也知道自己是名機器人，確切地說，她明白自己死後會成為機器人的事實，即使比起哭哭啼啼的反應已經好很多了，但還是有許多未解的謎團。

「妳說妳最後的記憶是二〇三八年嗎？」

「對，那時候我是十八歲，現在是什麼時候了？」

兩人一陣支支吾吾後，智歐率先開口。

「嗯，今年是二〇五七年，雖然有可能出現時間誤差，但這裡的人都相信這個時間。」

「那其他城市的人呢？」

「其他城市？」

「韓國不僅只有首爾，還有水原、原州、世宗等等。」

宣率所知的世界盡頭頂多也只到京畿道，而且還是京畿道的板橋新都市，因為沒有繼續往南潛水的必要。

擅長修理機械的人們會聚集在板橋一帶，他們收取罐頭來替人修理戰利品，同時也會買進需要的零件。大家都知道，倘若發現不懂該如何使用的物品，只要到板橋晃一圈就會懂了，宣率也曾跟叔叔一同去過板橋幾次。

「我聽說水原在板橋的南方，但沒有去過，另外兩個則是未曾聽過，我只去過板橋。」

「妳是指盆堂旁邊的板橋嗎？」

「對，那裡的大樓都蓋得好高，窗戶全都閃閃發亮，有很多喜歡機械的大叔。」

「原來板橋沒事嗎？好神奇……。」

「不是的，板橋也有淹水，聽說水原也是，應該說每個地方都是。」

板橋的人沒有住在山上，而是選擇住在大樓的屋頂。每棟大樓的正六角形窗戶如格子般鑲在外頭，讓人難以區分方位，再加上陽光照射時會刺眼得讓人受不了。還有些大樓幾乎以窗戶代替牆面，走在屋頂上像是行走於光之上，這樣特殊的建築風格讓板橋像是一座晃動的液態玻璃，每當日出日落交替更迭，如同一座融化後又固化塑形的玻璃。

說起板橋這個地方，不自覺讓人想起曾聽說的故事。在這片海的盡頭，從看到一座巨大的山脈出現在眼前時開始走，即會抵達江原道。那裡的居民住在通電的柵欄之內，想輕易靠近的人大部分都會被電死，僥倖逃過一劫的人通常最後也會被趕出來。

「的確還有一處沒有被水淹的地方，聽說江原道因為地形較高，所以沒有被淹沒，以前那裡的居民還會來搭救這裡的人，但最近卻把外圍都擋住了，他們說不願意跟其他人住。」

「如果不是原本住一起的居民全都進不去嗎？那裡現在有多少人？」

「我不知道，只知道那些柵欄比我們還高。」

「是喔。」伴隨著短促的嘆息聲，少女似乎陷入沉思，不再開口。宣率望著少女的臉龐，人類的瞳孔雖然基本上都是黑色，但機械的瞳孔卻不一樣，紫色、淺綠色、藍色等光線在黑色的框架間變換色彩，少女的雙眼也有著五彩繽紛的光影。

半遮雙眼的睫毛如水中的葉片脈絡般清晰可見，宣率揣想那雙眼眸後方金屬製的大腦在想些什麼，從二〇三八年十二月的首爾來到二〇五七年的首爾會是什麼心情，以及大方接受自己死亡又是什麼樣的感覺，那副以金屬、電流打造的軀體，似乎也如同血肉之軀般複雜難解。

●●●

當三人的沉默來到令人難耐之際，弟妹們興奮地打開小屋的門衝進來，看來是叔叔回來了，宣率認為少女需要時間釐清頭緒，因此選擇讓她獨自留在屋內，他們倆人語帶威脅地把弟妹們全都帶出屋子外，宣率也記得將說明手冊放在口袋內。

「不知道叔叔聽到多少了？大家一定會忍不住告訴他，想必叔叔應該都知道了。」

「知道什麼？」智歐開口反問。

「我是指叔叔因為去板橋改造收音機，很久沒回來的這段期間我們隨意開船出去，還跟佑燦打賭的事。」

「反正不都是明知故犯的事嗎？」

「話是如此沒錯，既然都發生了也無法挽回，只是在想該怎麼開口告訴叔叔。」

「答案就在問題之中，不都是已經發生的事了嗎？」

「你至少也經過大腦思考一下再說話吧！」

「妳都憑著那顆不願服輸的自尊心下潛到十五公尺、二十公尺深的地方了，然後不敢講這些事情才奇怪好嗎？我原本打算如果妳上不來，就要自己解開繩子走人了，畢竟如果翻船妳我都會死，比起死了兩個人還賠了船，倒不如死一個就好。」

「你是開玩笑的吧？」

「我是認真的。」

智歐皺起眉頭朝她吐舌，宣率則是大力打了一下他的背，然後望向前方。只見叔叔將兩人用的懸浮滑板直立於一旁，放在石頭上。宣率將手放在叔叔的肩上。

「因為你一直不回來，還以為你在路上翻船了。」

「我在板橋待了一個月左右吧，原本要搭的滑板因為壞了，所以要修理。不過幸好這陣子大家都過得還不錯……。」

叔叔原本望向水平線，突然轉頭看著宣率：「不是還有一位嗎？」

看來叔叔已經聽到風聲，該是當事人說明的時間了。智歐猶如事不關己般往旁邊走了幾步，宣率坐在雙手交叉的叔叔一旁。

「大家說了些什麼？」

「他們說妳跟佑燦打賭，說十五天以內可以在龍山裡找到好東西的人就勝利，然後妳下海找一找，結果帶回一個女生。」

「是機器人，她知道自己死了，也知道自己被做成機器人。」宣率拿出口袋裡的說明手冊。

「叔叔看了就知道，裡面還有電池的充電池呢。」

「歡迎透過購買方案，使您再次擁抱親愛的孩子……？」叔叔朗讀手冊上的文字，若有所思地點點頭。

「所以，妳要把她當作比賽的戰利品嗎？妳告訴她現在的情況了嗎？而且比起妳跟佑燦的打賭，妳跟她解釋過首爾變成這樣的原因了嗎？」

「我有告訴她首爾的事，她說自己最後的記憶停留在二〇三八年。至於打賭因為還有幾天，我想等到比較適合的時機再說，畢竟去屯之山也不難，她應該也無事可做。」

「她跟我們的年紀相仿，十八歲。」智歐突然插話。

「二〇三八年是十八歲的話，我想想，那就比我還年輕七、八歲左右……。」

叔叔講到一半突然停下，對於宣率而言，叔叔突然中斷話語的行為，即便突兀也相當習慣，每當叔叔提起以前的事情時，總是有所顧忌。

「假設妳贏了打賭比賽，畢竟可以活動的機器人真的很少見，但那之後妳打算怎麼做？」

「雖然現在還不知道，但我有說如果她想要回到海底，我可以送她回去，因為無論我怎麼想，應該都不會有人想在這種地方生活吧。」

宣率小心翼翼地講出「這種地方」，因為不想把老姑山形容得像個糟透的地方。

老姑山的確沒有值得驕傲之處，現在就連原本的居民也紛紛離去，大人很早就離開這裡，佑燦也搬到其他座山，如今老姑山剩下的僅有宣率和其他年齡相近的孩子以及叔叔。隨著時間過去，想必孩子們也會搬離至其他地方，乘著懸浮滑板只要三十分鐘左右，就可以抵達南山或安山，那裡的環境比起這裡好多了。

但看來叔叔不想聽這種粉飾太平的說詞，畢竟比起十九年的時間，老姑山和南山的差異根本微不足道。

「妳會這樣想是與她聊過之後才想到，還是喚醒她前就想好了？」

「喚醒之前就想過了，所以我在放電池前也猶豫了一下。」

宣率用食指比向睡眼惺忪的智歐：「是他說要先喚醒她的，是智歐。」

「喂，是妳帶回來的耶！」

有口難辨的智歐意識到氣氛改變，馬上挺起身，原本還一派輕鬆的叔叔也露出嚴肅的表情，現在不是嘻嘻笑笑、推卸責任的時候了。

「意思是即使想過後果，還是喚醒了她，對吧？因為一心一意想要贏比賽。」

「對。」兩人垂頭喪氣地點頭承認。

「你們這樣就不對了。隨意奪取他人性命是錯誤的，相反地，也不能隨便使他人復活，而且妳是為了自己的利益，在不是替他人著想的情況下更加不應該。現在不是她提出要求，妳就願意替她拔電池即可解決的事情，不管是幾天、幾個月，甚至只是開機一個小時而已，當妳擅自放進電池，喚醒她的那一刻起就是自私的行為。」

「可是如果不放電池，就無法問她想繼續活著，還是想繼續沉睡了……。」智歐畏畏縮縮地反駁。

「……雖然問了她應該會說不要。」

「如果單純覺得喜歡活著，不喜歡死掉，就只能說出那種二分法的回答。問題是我們不知道她的想法，正是因為不知道，所以在動手之後才詢問她的意見是非常不禮貌的事情，再加上你們甚至也沒有認真想過會有什麼後果。我不知道你們是怎麼想的，但至少我覺得不應該這樣……。」叔叔凝視著矗立在遙遠水平面上的世康塔，邊嘆息地說道。

「任誰都無法輕易選擇要活下來或選擇死亡，不僅只是人類而已。」

雖然叔叔沒有將話說完，但宣率彷彿已經聽完那句留在嘴裡的話。

叔叔是個奇怪的人，他總說不要留戀早該放手的事物，但他自己卻做不到。

叔叔總是嚷嚷著若是需要建設水壩的城市，必定會淹水，但他卻選擇待在首爾。即便他受不了潛水員在水底翻找物品的行為，但當有人委託他修理機器時，又會二話不說地答應。他也不斷叮嚀無須記得逝去的人們，但在墳墓上放置鮮花的人永遠都是叔叔。

有時仔細想想，真是難以揣測叔叔的真實想法。

●●●

少女不在小屋內，向弟妹們詢問過後，她似乎去了水邊，他們說少女浮在空中走路的背影，看起來好不像活人，像是天光自雲朵間傾瀉而下時所看到的錯覺，因此他們沒有跟上前，只是靜靜看著她的背影，宣率明白那是什麼意思。

有些人比起山名，更記得水泥大樓的名稱。他們會在日出前來到水邊，緊盯著那片大海，看著曾是公寓或辦公大廈的水泥塊，在凌晨的微光中慢慢變小、慢慢變小，望著它成為亮光的一部分。

那些人在記憶裡的最後一幕總是以步伐結束，他們總是走著、不斷走著，往前方、往遠方，直到海水淹沒頭頂，直到腳下騰出空間為止，他們走路的身段一點都不像走在水中，而是走在扎實的柏油路上。

他們的結局與病死或老死截然不同。人們不稱呼那樣的結局為死亡，而是回到首爾，猶如形容其他人搬離至江原道或板橋地區，他們是去找尋更好的人生罷了，因為許多大人都是這樣離開這裡的，所以少女應該也會如此。但是不能讓她這麼做。

除了想贏過佑燦之外，宣率的內心還有一團難以言喻的感覺，要將其化為想法顯得詞彙不足，想將其化為心情又難以定義。就只是一種感覺，一種還有些什麼的感覺。

宣率原本想給那份感覺加諸不安還是焦慮等字眼，但很快就放棄。她往屋外走去，叔叔跟智歐走在前方，三個人望著孩子們所指的方向，沒有人開口說話，草叢遮蔽了水與陸地的界線，漫長的沉默過後，叔叔開口說話：「妳有問她的名字嗎？」

「還沒來得及問。」

「那這樣做不了墓碑了。」

宣率走至前方，智歐在最後面，當他們越過草叢走下斜坡後，望見少女的背影，在她的衣物之下呈現出無論是水中或陸地皆未見過的顏色，那是溼透的潔白皮膚。少女察覺身後的動靜，轉過頭望向宣率。

她的臉部沒有任何肌肉抽動，但仍能聽見微弱的聲音，讓人覺得有些不真實。

「我的外殼挺堅固的，稍微游泳也沒有故障。」

是因為有喇叭所以不開口便能說話嗎？宣率一邊想著這個現實的問題，一邊思索少女話語的意義。弟妹們永遠吵吵鬧鬧，安靜不下來，他們一定大肆宣傳打賭的事情，所以想必少女已經知道自己身為堅固的機器人有多麼珍貴，同時也知道自己被喚醒的意義了。

「嗯……。」

由於陷入思考，嘴巴不自覺發出奇怪的聲音，少女輕輕笑了一下後也不再開口。宣率的心臟跳動了十幾下後，叔叔走了過來，智歐跟在後頭。當叔叔看到少女時，臉上雖閃過短暫的驚訝，卻很快就恢復正常，宣率和智歐兩人後退幾步，望著曾活在以前的兩人彼此交談的模樣。

他們的話題圍繞在二〇四二年左右，當時因炸彈受到波及的不僅有水壩，就連汝矣島、世宗市以及仁溪洞一帶的建築物也被炸毀，全都泡在水裡，還有許多來不及報導或已經多得記不住的災害，叔叔是這樣形容現在的世界：「其實最令人訝異的是世康塔竟然可以完好無缺。」

「那座塔沒有倒嗎？我記得當時新聞報導說，那裡因為是板塊交界處，所以會傾斜，甚至會倒塌。不斷吵著說必須要重新施工，感覺它不用等戰爭就會自己坍塌了。」

「我每次看它都覺得很意外，從這裡也看得到世康塔……。」

「應該不只首爾變成這樣對不對。那麼會有人住在大樓，而不是山上嗎？就像那些一座座公寓，高樓大廈的上層沒有被水淹過，應該有人會居住在那裡吧？」

「那些周遭比較沒有高山的地區居民會選擇住在大樓，但首爾較少有那種狀況，因為補給品大多會掉落在山頂，像冰箱那種家電也早就故障。再加上在鋼筋水泥裡根本無法種植農作物。白天在室內很悶熱，地下室全都泡在水裡，沒有可以居住的地方……。」

然後他們的話題轉眼之間從世界變化移至個人。少女問起叔叔以前在做些什麼，然而叔叔則是一如往常地避開回答，在片刻的沉默後，叔叔問起少女的名字。

「蔡秀皓，蔡，秀皓。」

「蔡秀皓。」

宣率看著叔叔覆誦三個音節，讓人感到些許陌生，那張表情僅能在大人的臉上找到，他們努力在彼此的身上找尋一時之間想不起來的過往，透過那些記憶碎片以及各自所背負的苦痛與思念，釀製出十五年前的首爾。叔叔微微張開嘴唇，欲言又止，隨後又開口說道：「妳打算怎麼做？」

「我還沒有頭緒。」

「我要回去工作室了，妳想好之後可以過來找我，小屋的孩子們能告訴妳怎麼走。」

叔叔和智歐一併離開，他們大概要清點滑板的數量，之後將從板橋帶來的收音機放在工作室桌上，或是著手進行等待完成的訂單。宣率沒有跟著他們離開，而是坐在秀皓旁邊，秀皓開口，短促地問道：「為什麼？」

對啊，為什麼要留在她身旁？因為若是想把她完好無缺地帶去屯之山，得取得她的信任？還是因為將她當作物品，感到內疚呢？兩個衝突的想法緊拉宣率的雙手，到最後她還是不知道哪個方向才是正確的。

在漫長的思考過後，宣率認為應該先道歉，但此時又浮現了另一個問題，道歉是為了讓她卸下心防，還是真心覺得抱歉？解答其實都在問題之中，但她仍然摸不著頭緒，最後宣率只能說出「沒有為什麼。」聽到宣率這樣一說，秀皓的嘴角勾起弧度。

兩人有好一陣子沒有交談，太陽自高不見底的天花板上垂墜，沿著世康塔往下，掛在塔的腰部位置，後方的天空雖仍湛藍，卻已染上絲縷的橘紅。當晚霞渲染整座天空時，秀皓開口說道：「我以前看過新聞，他們說那棟建築物因為地基不穩，成了危樓，很容易傾斜倒塌，甚至極有可能近期就會發生，所以我曾經祈禱它趕快倒，如果不倒的話，也不要再出現在新聞上。」

「為什麼？」

「大概因為很不乾脆吧。」

秀皓突然開始說起自己的事，從前她的身體一直很差，父母將她的記憶複製到電腦也是因為病重的緣故。

「我從十二歲開始就一直躺在醫院，無論是放射性治療還是脊椎注射治療，我嘗試過無數種治療方法，卻沒有康復，就這樣看不見盡頭般日復一日地住在醫院，所以認為沒有必要努力活著。」

努力活著、努力活著，宣率明白這句話的肯定與否定僅是一線之隔的事實，雖然她只有看過醫院的外觀，卻深刻明白生病是什麼模樣。她看過阿姨飽受咳嗽之苦，最後抱病而終的模樣。若是少女的病情遲遲未見起色，更無法選擇痛快死去，靠著一口氣撐過六年的時間，那麼對她而言的確連活著都是需要努力才能換取而來的目標。

「即使妳做過那麼多治療也沒有痊癒的跡象嗎？」

「那些只是延長死亡的日期罷了。」

「妳的父母也知道嗎？」

「當然知道，只是裝出不知道的樣子，如果相信我會痊癒，怎麼可能儲存我的記憶？一定是認為我會死才這麼做的。」

「原來如此。」

「妳不覺得很有趣嗎？」

「哪裡有趣？」

「不想活的人活了下來，瀕臨倒塌危機的房子也好端端的，但那些想救活他人的人跟其他建築物們卻消失得無影無蹤。」

秀皓的肩上下抖動，伴隨著異常輕快的笑聲，身後漸長的影子像是剪縫著這段消失的時光。宣率往後伸長手臂，像是偷取物品般，將指尖伸進樹蔭底下，掌心間那些陌生又難解的事實與黑土一同沙沙作響。

明知即將迎來死亡卻極力延遲，儘管在當事人並非心甘情願之下，最後還是成功了。這整件事聽起來是那般難以置信，但也表示以前的首爾就是如此難以置信的地方，食物們多到會腐敗，正確來說是食物們充足到即使擺在冰箱裡腐敗也無傷大雅，甚至如果不合胃口，也能隨心所欲地丟棄食物，這都是正常不過的事。

宣率認為這個世界的原理是珍貴之物會隨著時間變得更加珍貴，不重要的東西再怎麼樣都還是不會改變其價值。她思索著秀皓的父母是抱著什麼心態，不願放手，也想起那些大人們一提到思念的家人時所流下的眼淚。那些悲傷是她能想像的，但對秀皓而言，她看起來一點也不珍惜自己的生命，這讓宣率想不通。

「抱歉。」

「妳不用道歉，我被當作物品也沒有什麼不好，反正拔掉電池一切都結束了，不然回到海底也不錯，如果要的話，就像這樣……。」

夕陽已經幾乎碰到水平面，秀皓站起身，爬上一旁的石頭，一躍入海。墨色的水柱像迷失方向的畫筆，在晚霞間橫豎交錯，變為人的形狀。

「不過我有一件好奇的事，所以希望能活到那個時候。」

聲音戛然而止，水面再次恢復平靜，餘波將華麗的都市藏身於下，折射出細微的光亮。

在這片水域之下，有著許多五、六年以來未曾打開過的門。那些門一旦打開將會瞬間衝出強烈的水流，若是被水流捲入撞到牆壁，有可能會造成頭盔損壞或氣瓶破洞。

不過即便知道有危險還是必須冒險一試，因為說不定門後有著不錯的物品等著自己。宣率知道人生裡也有這種時候，害怕出錯的擔憂與必須鼓起勇氣迎戰的衝突念頭相互交錯，宣率緩緩開口：「什麼好奇的事？」

「今年是二〇五七年，我最後的記憶停留在二〇三八年，這中間隔了十九年的時間，不過你們說首爾淹水是十五年前的事情，那為什麼會有四年的空白？我那四年在哪裡做了什麼？」

浮在水面上的秀皓站在宣率的面前，背對夕陽的她像是一座火把，背後的霞色是一團巨大的焰火，那張曾被掩埋在漆黑裡的臉龐，上頭那雙以塑膠與玻璃製作的眼珠正閃爍著明亮的光芒。

「我剛才坐在這裡時，不斷思考父母為什麼把我丟在這裡，是因為真正的蔡秀皓恢復健康，所以不需要複製品？還是在這四年裡蔡秀皓死了，所以製造了我，但是為什麼不將二〇三八年以後的記憶存放進去呢？還是製作完成後才發現複製品無法取代女兒？」

她的聲音如海浪般拍打上岸，宣率覺得胸口發悶，吃力地吞口水。四年之間的事早已被大水淹沒，甚至站在自己面前的秀皓也幾乎毫無印象。

「我會替妳出席比賽，所以妳也幫我找回那四年吧。」

宣率終於明白自己從塑膠櫃子裡拿出來的是什麼了，既不是戰利品，也不是完好無缺的機器人，而是尚未來到的過去。

消失的時間

工作室是位在山頂上平地的一間木造房屋，原本是大家的休息室，避難的人自然而然地聚集在此處，當時許多人住在這裡，現在大多數早已離開，因此成為叔叔的宿舍，也當作倉庫使用。

十五年前，正當其他人還在擔心吃住的問題時，叔叔早就開始拚命收集那些無人注意的東西。緊急發電機、馬達、太陽光板、電弧焊條、電阻或冷凝器等零件，大多數的人都會問他收集這些要幹嘛，但隨著時間過去，情況也隨之起了變化。

正因叔叔努力收集來大量的材料零件，讓老姑山的工作室相當有名，經常接到來自其他山的訂單。叔叔的倉庫也有著現今難以找到的機器，例如導航器材就是其中之一，若是要找到秀皓口中的大樓，需要仰賴導航的幫忙。

「所以我答應跟她一起去以前居住的房子。」

宣率和秀皓一併踏進工作室，她告訴叔叔兩人在水邊的談話內容。像是秀皓答應代表老姑山出席比賽，取而代之的是宣率要帶秀皓下水，回到十五年前蔡秀皓所居住的地方，叔叔聽完後面有難色。

「妳認為還會有東西留下來嗎？」

「也是有可能的，有些門窗緊閉的地方出乎意料地沒有受到災害。」

「這感覺是很危險的事情，我是擔心妳們的安危。」

「潛水不是我常做的事嗎，哪會危險？」

「已經過去十五年了，真的還會有東西留下來嗎？」

「就是為了賭一把才要去啊，說不定可以撿到一些不錯的東西。」

來回幾次溝通後，還是說服了叔叔。他拿出導航機，將秀皓所說的地點標示在畫面上，宣率指著山開口說道：「公寓在共同區域內，所以可以自由進出。對了，剛才還有提到醫院，這裡有首爾世康醫院嗎……如果要去那裡的話，就要跟大母山的人說，不過無法保證可以得到許可，因為入侵他人的區域是潛水員的大忌。」

「那麼我想先去家裡一趟，雖然若是再度復發應該會住進醫院……。」

「妳原來的身體不是已經死了嗎？如果還活著的話，應該不會做成機器人吧。」

智歐突然插話，宣率心想這個人又開始了，蹙眉擺出不悅的表情。這傢伙最嚴重的缺點就是，只要他自己認為是事實就會口無遮攔，經常造成他人的難堪或惹人生氣，宣率向秀皓道歉後，語帶狠勁地向智歐說：「你上次不是就因為在佑燦面前亂說話，被他揍了一頓嗎？你偏偏要提佑安姊姊的事。」

「拜託，佑燦哥明明也知道我的個性，而且姊姊死掉的事情也是事實啊。」

他何時才能真的理解即使是事實，也無須時常掛在嘴邊的道理。宣宰和叔叔兩個人交換眼神後望向秀皓，她用困惑的表情眨動著雙眼。

「抱歉，他有點奇怪，雖然心地不壞，但就是講話很難聽。」

秀皓笑得很開心，揮動手表示自己並不在意。氣氛頓時轉變得太快，那副沒關係的表情像是習慣成性的人會擺出的面具。

「他其實也沒有說錯，我也是這麼想的。剛才我不是說過好奇這四年所發生的事情，如果我沒有死還將我做成機器人的可能性應該很低，所以才陷入沉思的……。」

秀皓一邊講著，一邊用左手抓起頭髮，露出頸部後方的凹槽，像枚蓋子的那口凹槽。

「檢查結束的那天之後，我進入公司的官網閱讀說明書，因為好奇自己之後會發生什麼事。我想要知道成為機器人後，不再使用身分證字號，而是機器序號，也不再需要記得出生年月日而是改成製造日期會是什麼感覺。」

據說只要連接螢幕就可以讀取資料，電線附在塑膠櫃內，若是知道製造日期就能猜測自己的死亡日期。叔叔有些不情願地拿出捲成一塊的顯示器，將其放在桌上，插頭則是在智歐的口袋裡。

「只要連接上就行了嗎？」

「對，大概會使用我的電力。」

連接完畢後螢幕隨之亮起，並顯示出紅色表情的標誌，像是在水中滴落顏料快速擴散般，設計流暢的系統首頁很快地緊接出現，說明手冊裡曾出現的單字也一併浮現。

「Icontrols 總管理系統。」

秀皓念出螢幕上方的文句，總共有四個選單——機器狀態確認、檢視硬碟容量、讀取記憶、技術支援。似乎在接上螢幕後，身體仍能自由活動，秀皓伸出手輕輕點按螢幕，伴隨著玻璃眼珠轉動的細微聲響，畫面也跟著變化。

機器狀態欄可以確認電池容量與故障區塊，秀皓的電池含量約莫還有三個月左右，身體並無大礙，不過顯示了建議進行定期檢查的通知，當她按下預約檢查的按鍵時，則跳出了無法連結的視窗。秀皓關閉那則視窗，不斷往下滑想找到製造日期，最後在最下方找到。

「2042-04-**EB**-02，看來不是從二〇三八年就被丟掉，二〇四二年四月製造的話……首爾淹水的確切日期是什麼時候？」

「也差不多是那個時候。」

「意思是妳在二〇四二年被製造，但是植入的記憶卻只到二〇三八年。」

如今能統整出三項可能性：第一項，病情看似好轉時又突然惡化，導致死亡，因此來不及轉移這段期間的記憶；第二項，雖然死於二〇三八年，但因為父母過度悲傷無法著手進行，因此產生了四年的空白期；第三項，發生了不能讓秀皓知道的事情，因此有人刻意抹除這四年的記憶。

但是他們沒有任何的線索，秀皓想翻找其他的線索，因此將畫面往右移，選單切換至檢視硬碟容量的畫面，她又再翻過一頁，來到了「讀取記憶」。

建議整理記憶硬碟。

若不希望影響終端記憶，

需要花費約三十分鐘的時間。

請問需要整理嗎？

①是

②否

③幫助

按下第三個選項後，視窗轉為全螢幕的畫面，機器人的記憶是以鏡頭與麥克風共同收錄的方式儲存影片。當首次驅動尚未錄製影片時，將能查看製作人工大腦時所輸入的檔案，若是要增加空間則需要進行初始化。

回到上一個畫面的秀皓陷入短暫的思考後，按下了「否」。下一頁的記憶目錄裡有著一頁又一頁由英數字隨機生成檔名的檔案，無論長度或容量皆各有不同的檔案們一個個出現，智歐興奮地突然插話：「這些是可以打開來看的嗎？」

「應該吧？」

聽見秀皓的反應，智歐像尋求許可般望向叔叔。叔叔搖搖頭，似乎不是個該由自己回答的問題，智歐這才將視線挪至秀皓身上。

「你想看嗎？」

「嗯，什麼都好，人類回想記憶跟機器播放影片是不一樣的事情，因為記憶有可能因為想法而產生混淆，隨著時間的流逝也可能變得模糊，所以我好奇播放記憶會是怎麼一回事。」

宣宰想像若是現在連接螢幕的人不是秀皓的大腦而是自己的話，會是什麼心情，她應該無法泰然地任由自己生命的一部分在他人面前播放，難道要隨便播放某一段記憶嗎？又有誰知道那段記憶會是什麼內容呢？

「秀皓，如果妳不願意的話也沒有關係，他只是出於好奇心而問的。」宣宰突然出聲說道，智歐的臉隨即轉為失望，秀皓來回望著兩人，淺淺一笑。

「我想應該也沒什麼重要的東西，反正我自己也很好奇……。」

秀皓將頁面往上滑動，有一個一分三十秒的影片在目錄的最上方。她用食指輕點兩下檔案名字，有一名看來溫厚善良的阿姨出現在畫面，阿姨身穿病患的衣服坐在病床上。

旁邊的床頭櫃放了一座黃銅色的貓咪擺飾，宣率知道那是什麼，以前的人會將那種裝飾品放在身邊，通常是為了祈福或是對天有所祈求，看來那位阿姨應該是為了祈求康復。螢幕所顯示的畫面除了中間的人物之外全是模糊不清的雜訊，似乎當沒有注意其他事物時，記憶裡的畫面也會被擦去。

和著雜音的對話聲透過喇叭傳出。

—唉唷，頭髮都剃掉了，是因為要做手術，還是治療嗎？還是因為那件事啊？

—是的，是因為上次告訴過您的那件事。

雖然聽見了回答，畫面裡未見秀皓的模樣，畢竟人不可能憑空看見自己的面容。

—妳不是一直不願意嗎？最後還是答應了。

—我當然是不願意，但是爸爸、媽媽很希望我配合，所以我哪有立場反對他們，我的爸媽總是恣意做自己想做的事，就算我不開心那又如何。

—妳也明白做父母的心情嘛。

—但一副好像已經知道死期似地……。

語氣突然變得鮮明無比。

—我認為如果能提早知道死期還比較好，真的。

—唉唷，妳別這樣講，得要康復才行啊，妳的未來還很長的。

—人類又不是照年齡決定過世順序，無論幾歲的人，該是面對死亡的時候，就應該順其自然地死去才對。

畫面轉向，視線朝向病房的另一端，似乎是兩人房，病床靠在病房的兩側，腰部左右高的跑腿機器人停在房間的正中央，然後畫面再次轉向阿姨。

—啊，對了，庚叔最近在做什麼？他的臉色好像不太好，問他也不會多談。

—那孩子的表情什麼時候好過了。

阿姨笑得相當燦爛，沒想到那副瘦弱的身軀竟能發出如此爽朗的笑聲。

—不過話說回來，妳怎麼還是那樣叫他，對一個大學都還沒畢業的人怎麼會叫叔叔，你們還沒有變熟嗎？

—叫他哥哥太讓人起雞皮疙瘩了，但也沒辦法叫他阿伯。

—唉唷，相差六歲當然叫哥哥比較好。

—總之，每次看到叔叔，我都覺得他比我還像病人，難道有人病得比我重嗎？這我就不知道了，隨便。

秀皓又回到原先的話題，繼續說道怎麼能把還活著的女兒做成複製品，還是真的深信自己不久後就會死，所以才這樣做。

—我可以明白他們的心情，我也不希望走到那一步，不想一直待在這裡造成醫院的困擾。雖然以結果來論是有好無壞，但要製造一台跟我一模一樣的機器人放在身邊，對於父母而言當然開心，但我有什麼好開心？對我一點好處都沒有，每次想到這裡就心情好差⋯⋯。

影片到此結束，智歐面露尷尬地盯著畫面，再怎麼不會看臉色的人都

知道這是段不該翻開的記憶，叔叔也神情僵硬，宣率一時不知道該說什麼，手足無措地搔著頭。

但是秀皓卻一臉不在乎查看最後一個選項，她的指尖下方是技術支援的按鈕，秀皓整個人看起來出奇地心平氣和。智歐終於鼓起勇氣開口說道：「那個，真的很抱歉，妳應該不想看到這些記憶的。」

「不會啊，我沒事，我還想繼續看下去。」

「真的嗎？」

「我是因為不喜歡父母無視我的意見，所以才說那些話，而不是討厭製作機器人，而且就算討厭又怎麼樣？我更討厭要因為執著這種事情而感到煩惱。」

宣率反覆咀嚼著秀皓的回答。身為人類的蔡秀皓、影片裡蔡秀皓的記憶和裝著電池的蔡秀皓，此時此刻並不認為這三者有何差異的人唯有秀皓而已，這樣或許就足夠了，就算還抱持著疑問，但這對於機器人秀皓的人生，似乎已經是最恰當的解答。即使真的成為讓人心情差的複製品，她選擇不沉浸在過往的記憶，執著到底誰才是真正自己的無解深淵。

當她們兩人四目相交時，秀皓的嘴角上揚，那條調皮的弧線像是說著，我在這裡，因此無須感到惋惜。雖然不知道她是否是像剛才那樣刻意裝出泰然的模樣，但宣率喜歡這副笑容。

●●●

片刻後，智歐留在工作室協助叔叔，叔叔在離開的這段期間接下了幾則訂單需要趕工完成。當秀皓和宣率走出屋外時夜已深，兩人走在能通往半山腰的小路，樹影傾斜，猶如張大的嘴包裹住小屋。

「我們基本上都住在小屋，那裡已經掛好了吊床，妳也可選擇睡在外面，看妳喜歡哪裡，我明天再教妳潛水的方法，晚上潛水可是很危險的事。」

「妳要睡覺了嗎？」

「太陽下山了，也只能睡覺啊。」

宣率還想說為什麼要問這種簡單的問題，但她馬上明白話中的意思，秀皓是機器人，不需要睡覺，連在晚上也可以看得一清二楚。

「啊，妳不需要睡覺，對不對？那妳待在工作室應該比較好，那裡擺放幾本書，雖然泡過水有些發皺了，但至少能打發時間……。」

「沒事啦，我只是還有些好奇的地方而已。」

秀皓說想要更了解老姑山，雖然她已經明白了首爾淹水的原因，卻還不知道人們都是怎麼過生活的，反正至少會待在老姑山幾天，若是宣率願意告訴她更多事情，她也會相當感謝。

「其實也不是多重要的事情，如果妳累了可以明天再說，反正時間也晚了。」

宣率當然疲憊，畢竟潛水了一整天，但是如果僅因為想睡覺就打斷相處的時間，對秀皓也會感到愧疚。每天都可以睡覺，但今天是秀皓來到老姑山的第一天，當然客人最重要。

「沒關係，我想應該也不會講很久。」

老姑山約莫十五分鐘就可以走完一圈，從山頂的工作室往下走是小屋，再往下是田野，田裡只有種著豆子跟馬鈴薯，雖然都是含有鹽分的土地，但也還算順利的正常收割，一直以來都在那塊田種植農作物。

「妳剛才不是有看到那些孩子，他們會種田也會潛水。」

「那你們直接喝海水嗎？」

「沒有，怎麼可能喝海水，江原道的人偶爾會用直升機載運一些救援箱過來，裡頭有過濾淡水的裝置，使用內裝電池發電，將它放進水槽內就可以了，大概可以使用半年左右，只不過需要親自裝水……。」

「等一下，都讓小孩去做這些事嗎？」

秀皓看上去很訝異。

「只是提著鐵桶來來回回比較麻煩而已，實際上並不難。因為孩子們不會操作裝置。而叔叔會收下捕撈的漁獲或是鴿子蛋當作修理費，其他山上的人也會來找他修理器材。」

「其他的大人呢？」

「很久以前就搬去其他地方了。」

「他們把孩子留在這裡，自己去其他的地方？為什麼？」
「是因為小孩們比較喜歡這裡，所以決定留下的，像叔叔也是因為想要留下所以留下，我、智歐也是如此，有些人因為比起南山更喜歡這裡，所以選擇定居，如果有人突然想搬去南山也很正常，也可以自由遷移去九龍山。」
「他們有得到父母的同意嗎？」
宣率突然感受到自己與秀皓的距離，那是以前的人們與經歷淹水後居民們的認知差異，現在的首爾已經失去太多，多得無法一一說完，沒有丈夫的妻子、沒有妻子的丈夫、沒有孩子的父母、沒有父母的孩子，這些事在此時此刻的世界，一點也不足為奇。
真正奇怪的是不順應這般想法的人，人們對於「人」的定義不復以往，無論父母、丈夫還是兒子，這些字詞如同浸泡在水裡的吸塵器或汽車一樣，不會有任何的潛水員將他們帶回來。

聽到這件事的秀皓雙眼睜大，隨即追問說道：「那麼如果對於養育小孩感到麻煩或厭倦了，也會二話不說馬上拋棄孩子嗎？沒有人會多說什麼嗎？」

宣宰告訴她，不會發生麻煩或拋棄的狀況，因為誰在誰的底下長大已經不重要，現在的世界裡僅有年長的人與年幼的人，還有每座山的名字罷了。存活下來的人們在這片看似鬆散卻又緊密的羈絆中一同生存。秀皓思索著這個陌生的世界，或許因為一時難以接受，她眨動了好幾次眼睛。

「孩子們如果因為喜歡這裡而留下……那如果想念其他人該怎麼辦？

應該也會想念住在其他山上的朋友吧。」

「想念的話，直接去找本人就行了啊。」

「不是不能擅自進入其他的區域嗎？」

「只要不進入海底就沒有關係。去別人家裡玩跟去偷東西是兩回事吧。佑燦無聊的時候也會來這裡玩。」

當提起佑燦時，宣率想起另一個要帶秀皓去的地方。沿著主稜線往上，拐過岔路後，有一處占地不大的空地，那裡有著一大片蘆葦草田，當風兒一吹，細長的蘆葦草便會隨之搖曳，彷彿身處於大海中央般的錯覺。

佑安在那片蘆葦草間沉睡，從六年前開始。

「對了，這裡還有一名大人，妳想見她嗎？」

「這麼晚了還去找她沒關係嗎？」

「她已經過世了，那裡是她的墓地，路上再告訴妳她的故事，因為她的故事跟妳有點類似……。」

雖然向只認識一天的人講這些事可能有些沉重，但秀皓已大方讓大家看過她的記憶片段，相對地，宣率也希望可以讓秀皓更深刻地了解老姑山的一切，像是為什麼大人選擇離開，佑燦為什麼討厭叔叔，還有為什麼孩子們會選擇留下來等等，若是觸碰這些故事，必須從佑安姊姊開始說起。

「當很多人聚集在一起時，總會出現幾名較顯眼的人，以老姑山來說就是叔叔跟佑安姊姊，她是潛水員，教導我跟佑燦游泳的方法，個性溫和，不會與人起爭執，所以大家都很喜歡姊姊。」

宣率形容佑安在她的記憶裡是個話不多，深思熟慮的人，比起跟他人玩在一塊，她更喜歡待在水底，每次從首爾回來後，她便會坐在水邊好一陣子，那雙望向海平面的雙眼，出奇地空洞無比，有時候不像個活生生的人，更像一道有顏色的影子。

或許正因為如此，當姊姊溺水時宣率一點也不訝異，正確來說，姊姊不是溺水，而是回到首爾。佑燦在發現姊姊後，雖然馬上將她挪上岸，但已經太遲，佑安在撐了十五天左右後還是嚥下最後一口氣，她最後的遺言是希望可以安葬在以前的家，首爾某處的公寓內。

當時大人們認為將逝者安放在海底是不好的事情，不知道是否是因為不想將屍體放在船上拖到那麼遠的地方，又恰好當時天氣炎熱，總之在各種因素之下，佑安最後葬在這片蘆葦田。

「在這裡。」

蘆葦草在黑暗中搖動，枝枒柔軟又輕飄，夜晚中的蘆葦像是燃燒紙張過後的灰燼般白濛混濁，彷彿將手伸進去即會隨之在風中散落一空。

夜色染黑所有事物，使之陌生無比、難以辨認，白天未曾見過的東西會躍於眼前，原本所見之物也會消失於無形。所以宣率認為在夜晚甦醒與在淹水的首爾裡迷路是相似的感受，因為都能打撈到無心錯過與被遺忘的事物。

「佑燦很常來這裡，因為他是弟弟，不是因為比姊姊小才稱作弟弟，是親弟弟。佑燦討厭叔叔是由於佑安姊姊的死，而他想搶走我的氣瓶是因為氣瓶原本是屬於佑安姊姊的。」

溺水的人即使被救上岸，通常會因為不斷的咳嗽、嗆水而在一、兩天內死亡。肺一旦進水就會如此，但是佑安姊姊撐了半個多月，因為姊姊嗆水的症狀較輕，僅是嚴重的感冒症狀，因此有活下來的希望，佑燦期盼姊姊能痊癒，每天下潛到首爾找尋藥品，無論是什麼藥，只要包裝完整的藥物他都會打撈回來。

結果連佑燦自己也病倒了，在昏睡了兩天後，佑燦請在一旁照顧他的宣率去探望佑安的狀況，想知道姊姊有沒有定時吃藥，當時佑安由叔叔負責照顧，兩人皆在工作室。

「當我進到工作室時，他們沒有發現我，我在門邊聽到他們的對話，當時的氣氛很凝重。」

宣率清楚記得當時的場景，那天的星子相當明亮，深藍色的夜空清澈無雲，工作室裡是一整片悶熱沉重的漆黑，一角堆放著疊成小山的藥物。

佑安對叔叔道謝，謝謝他不強迫自己吃藥，謝謝他不將自己視為無病呻吟，謝謝他放手讓自己死去。

對於十一歲的宣率而言，難以理解一個人為什麼會放棄生命。她小心翼翼地走出工作室，來到水邊坐了許久，左思右想該怎麼告訴佑燦這一切。

望著陣陣拍打腳背的餘波，一個個問題隨之浮現於腦海，叔叔為什麼要這麼做？叔叔沒有餵佑安姊姊吃藥，為什麼姊姊還要感謝他？在宣率釐不清頭緒的那一晚，佑安沒能撐過漫長黑夜，宣率在思考之後選擇如實告訴佑燦事情的原委。

「佑燦去了之後就知道這一切都是真的，然後鬧得不可開交。」

大家能理解佑燦的心情，但也沒有責怪叔叔，所有人都明白佑安的心情。世界上有些問題能像修理機器般，針對出錯的部分進行修補，不過反之亦然，有些問題沒有責任歸屬，沒有誰對誰錯，它僅是這樣憑空出現，就此遺留在原地。

佑燦、叔叔、佑安的事就是如此，叔叔雖然可以告訴佑燦，這一切不是意外，全是佑安試圖自殺的行為，不服藥也全是遵照佑安的意思，不過不知道是姊姊的請求，還是出於罪惡感，叔叔選擇沉默以對。佑燦因此無法原諒叔叔，另一方面也是因為他無法接受佑安竟然如此厭棄自己的生命。

「居民相處的氣氛當然也變得尷尬不已，一個接著一個離開了老姑山，有人說只要看到蘆葦就會想起姊姊，所以待不下去，也有人說受不了氣氛太沉重，也有人只是跟著別人一起離開了。所以現在只剩妳所看到的這些人而已，原本住在這裡的孩子真的很多。」

「那妳為什麼不離開？」

聽見秀皓的疑問，宣率無心地笑了，其實她也閃過無數次離開的念頭。老姑山占地不大，既沒有飼養鴿子，可以釣魚的地方也相當受限，每次補給品也只提供一箱而已。

但是每當想到要搬去其他地方時就會想起叔叔，使她裹足不前。

「我對叔叔心懷歉意，當初如果我什麼都不做，說不定就不會發生這些事了。」

「這應該不是妳的問題，大家也都能理解，如果叔叔選擇仔細說明的話……。」

一道想法閃過腦海，秀皓急忙問道：「對了，所以叔叔不喜歡提起以前的事，是因為佑安姊姊的緣故嗎？」

「不是，他原本的個性就是如此了，從他來老姑山的第一天就是那個樣子，所以一開始被大家當成奇怪的人，我也不太了解他的過往，只知道他叫西門庚，聽說他不喜歡自己的名字。」

「西門庚？」

「他姓西門，名字為單字，我也是聽大人們說的，聽說這種姓氏很罕見。」

宣率接續著說，叔叔繼承了媽媽的姓氏。以前當大人們聚集在一起時，經常說因為是獨特的姓氏，所以較容易找到親人，但叔叔卻不以為意，他說自己是獨生子，生下來就過著沒有父親的生活，母親則是在淹水前就過世，還說自己某種程度上來說算是幸運的。

「對於叔叔的過去，我只知道這些而已。我想叔叔不喜歡自己的名字，大概也是因為當別人聽見他的名字時，都會講一樣的話，所以讓他很受不了吧。不過的確可想而知，西門確實是很特別的姓氏……。」

秀皓在嘴裡默念著那個名字，不僅佑安與佑燦的故事與她自身有些雷同，就連西門庚這個名字對她也熟悉無比。

●●●

秀皓雖然無法完整地述說自己的人生，但是住在首爾世康醫院的癌症治療中心時的事，她卻記得一清二楚。中午巡房時要打兩針抗生素，一週接受一次放射性治療。將手高舉過心臟的話，血液便會沿著導管逆流，跑腿機器人雖然每間雙人房皆備有一台，但鮮少使用，頂多只是找護理師時會需要用到罷了，因為比起使喚手臂短小的機器人做事，叫隔壁的陪病者還比較快速。

通常住進癌症治療中心的人一次皆會住上好幾個月，因此同病房的人會格外親近，使用相同病房的人並非僅有兩位病患，還包含了病患的家屬與照顧者，這些經常進出病房的家屬對於躺在隔壁床的病患也如同自己失散多年的家人般對待，大家總是經由討論醫院的待遇或是新的醫療技術很快就拉近距離，並且發自內心地期盼對方能早日恢復健康。

光靠分享彼此相近的苦痛就與陌生人快速建立關係，乍聽是件不可思議的事，但並不讓人討厭。因為最討厭的不是對面的病人，而是探病者，那些在平凡的日常生活中刻意指出他人痛苦的人們。

所以秀皓總是將質問隱藏在笑容底下，當他人說起她年紀那麼小就要被關在醫院，只能坐在醫院聽線上課程，在病房裡寫功課是多麼可憐，抑或是多麼有毅力的事情時，她心裡只想著，難道我還能怎麼辦？無論他人感到同情或是感到佩服，那又與我何干？這些無謂的心情也無法讓我馬上出院，不是嗎？

●●●

長久居住在癌症治療中心的病人總是等待著某件事，無論是臨終還是手術日期，抑或兩者皆是。雖然秀皓是屬於等待手術日期的一方，但她同時也避免不了等待死亡日期的可能性。

從十二歲開始，每當她跑步時總會感受到腿部的疼痛，當時醫生說可能是因為還在長高所以發疼。之後又跑了幾間醫院，最後診斷出大腿的腿骨發生骨癌，那時候期待可以採用將腿骨置換成鈦金屬的術式，在手術後便可以恢復正常生活。

那段時期對秀皓來說宛如購買土耳其冰淇淋，商人們會以欲擒故縱的方式與客人開玩笑，最後讓冰淇淋掉至地板，演出一場搞笑喜劇，若是這件事發生在遊樂園，而客人僅是花三千韓元買一份你來我往的快樂的話，還算無傷大雅的小事。但這裡是首爾世康醫院癌症治療中心，那支被上下把玩的冰淇淋是秀皓的人生。

當置換成人工骨骼，投入復健，並且逐漸能像以前那樣行走時，尾椎卻開始出現疼痛，檢查後出現了眾人最不願意看到的情況，原本在骨頭的癌細胞轉移到了骨盆，骨盆位置的骨頭由於無法替換，只能嘗試使用放射性治療，經過幾次放射性治療，每當病情似乎好轉時，卻又隨即惡化，最後還需要動用３Ｄ模型協助治療，結果癌細胞就這樣時而出現在大腿，時而在骨盆，時而轉移至脊椎。

久病厭世之後漸漸地感受到沒來由的平靜，或許自己的生命就會在這樣的循環中畫下句點。

「空間座標系裡，$x^2+y^2+z^2=4$上有兩點，平面的$y=4$，垂直的座標點分別為P_1、Q_1……妳又不專心了。」

「我有在聽啦。」

「有耳朵當然聽得到說話的聲音，重點是沒聽進去。」

「我也有聽懂。」

「妳的眼神看得出來很無聊，老實說我也納悶真的有必要趕進度嗎？如果我是妳就會整天看電影、玩遊戲了。」

頓時對面的病床傳來一陣斥責聲，出聲的人是喜姨。

「這小子，怎麼可以對還在讀書的孩子說這種話。」

當十八歲的秀皓在第五次長期住院時，對面病床的病患就是喜姨。一開始她心疼秀皓怎麼年紀輕輕就住院，然後隨著兩人開始交換彼此的住院經歷與病史，慢慢熟識起來。喜姨許久以前曾開刀摘除過良性腫瘤，在那之後沒有任何的開刀經驗，這次是肝臟突然出了問題，她沒想到一把年紀了還要開腸剖肚，哆嗦著自己的不安，畢竟以住院紀錄而言，秀皓可是大前輩。

喜姨張大嘴巴聽著秀皓的病史，而秀皓則是對於她的名字感到新奇，自己再怎麼說都是經常進出醫院的人，也見識過形形色色的患者們，不過她的姓氏卻是秀皓第一次聽見。西門喜，不是姓西，名門喜，而是姓西門，單字喜，秀皓不知怎麼地很喜歡這個名字，她感覺世界好像豐富了些，原來這個世界還有許多她不知道的事物，雖然僅是待在醫院這個侷限的空間，自己的世界卻頓時拓寬了不少，仍有許多能探索的空間。

同時也是秀皓跟庚，也就是庚叔快速熟識的理由之一。

「妳是想上大學，還是純粹想學點東西？」

「有差別嗎？」

「因為妳對幾何還有向量沒有興趣啊，如果妳沒有要考大考，那麼也沒必要讀書了。」

「你在找藉口辭掉家教嗎？」

「我的意思是要妳找些真正有興趣的事情來做，就像妳說的，不要只在紙上求什麼陰影的面積，我希望妳去找一點對人生有幫助的事情來做，即使不是電子工程碩士的家教親自教授的東西也好，去做妳真正有興趣的事。」

認識庚叔三週的時間左右，秀皓就成為他的家教學生。若不是庚主動向秀皓搭話，否則是不可能發生的事。不知道是因為庚的個性比較大方，還是看到年紀比自己年輕的女孩整天坐在床上，而感到不可思議，他總是斷斷續續地開口向秀皓提出問題，這對秀皓來說也不是壞事，光是看著陌生的人在面前活動、說話就很有趣了。

秀皓很快就發現庚叔是個脾氣溫和，能開玩笑的好人，雖然他因為粗曠的外表讓人覺得不好親近，但笑起來相當和善，從外貌到行為舉止都像一隻熊，不是那種毛髮旺盛的猛獸，而是動畫電影裡會出現的熊，有著遲鈍的個性，也有幽默的一面。

「你不是碩士，而是還在就讀碩士的研究生吧，現在都還沒畢業耶。」

「隨便妳要怎麼說，怎麼好奇心這麼重，偏偏又愛問莫名其妙的問題……。」

庚比秀皓大六歲，在首爾的某間大學就讀研究所，不僅如此還身兼家教，因此格外忙碌，不過庚還是一定會抽出時間一週來醫院探視喜姨兩次，平日一次，週末一次，秀皓從未看過庚的父親，每次都是他自己一人前來。

之後才聽說庚原先就沒有父親，姓氏也是隨母親而命名，不過他們並未就此開始討論嚴肅的話題，他僅是每次來醫院與對面的女孩聊些無關緊要的玩笑話而已。

秀皓認為反正庚來醫院也閒閒無事，這段期間彼此還算聊得來，因此打算委託他指導功課。正好當時是她已經做完手術的第三週，床鋪的角度可以調整至九十度的坐姿，秀皓的父母也並非吝嗇於家教費的人，老實說這點小錢用來彌補他們的愧疚算是相當超值了。自從秀皓必須經常進出醫院之後，父母就常告訴她早知道小時候要多帶女兒去旅行，不停後悔因為自身的忙碌使得沒能讓秀皓留下美好的回憶。

因此，家教對大家是有利無弊的事情。庚可以賺錢，秀皓的父母覺得自己終於對女兒做出微薄的貢獻，秀皓也很開心能跟陌生人一直聊天。庚對她來說並非照顧員或是線上課程的老師那樣擁有明確職務的人，也不是網路聊天室或遊戲裡隨便的某人，他們彼此毫無利益關係、過往不曾有所交集，是來到這間醫院才認識並且真實出現在眼前的人類，就連家教這個職稱也是如今才出現於自己的生命裡。

只要站在庚的面前，彷彿能越過那片看不見的薄幕，來到截然不同的世界，那間後面有座小山的大學，比起電影裡打開衣櫃就能抵達的魔法世界還要陌生，雖然那間大學離醫院不過十公里的距離，但無法克服的旅程，比踏進魔法世界還要難以實現。

當秀皓告訴庚叔心裡的想法時，他總是那樣回答她。

只要等妳出院可以自己走路時就可以來校園玩了啊，等妳有空過來時我再請妳吃飯，來不了嗎？

等我出院了一定會去，等出院的那天……。

那麼我最後有出院去找庚叔嗎？

她的記憶斷在醫院的場景，無從得知往後的四年發生了什麼事情，更不知道被大水淹沒的首爾在十五年間又起了什麼變化。但是宣率介紹給自己的叔叔看來完全認不得自己，或許是兩人的緣分最後只是不了了之，抑或是另一個絲毫不相干的人，另一個絲毫不相干的人……。

秀皓的腦海裡浮現一、兩個人的面貌，畫面猶如美術學院裡稜角分明的石膏像，切割成好幾個面向。

庚叔。

擅長修理機器的老姑山叔叔。

他的名字是西門庚。

西門，庚。

雖然秀皓不覺得首爾會有兩個擁有如此獨特姓名的人，但也不認為老姑山的叔叔與庚叔是同一人。猶如二〇三八年的首爾與二〇五七年的首爾呈現天壤之別，那麼二十五歲的庚與四十四歲的庚也有可能判若兩人。

庚經歷了什麼事情才變成如此？因為喜姨離開人世嗎？還是因為首爾

泡在水裡了？即便如此，還是習慣讓他人稱呼自己為叔叔，難道是因為多年以前死去的家教學生嗎？

秀皓整理著混亂的思緒，現在的她需要了解二〇三八年至二〇四二年的四年期間究竟發生了什麼事，以及倘若老姑山的叔叔就是庚叔的話，為什麼裝作不認識，她還要知道叔叔是否記得那個自己所不認識的二十二歲蔡秀皓。雖然這一切仍只是猜測，但秀皓明白這一切該從何開始著手。

不過，現在還無法告訴宣率這一切。

雙面

宣率開始教導秀皓游泳後，隨即就發現她是個資質優秀的潛水員。不是因為她擁有機器腿肢，也不是因為她很快就抓到游泳的技巧，而是因為秀皓無須換氣。

秀皓在水中獨自游了好一陣子，一回到岸邊時馬上開心地說著這裡比自己所認識的首爾還要棒，以前總覺得花上數千、數百年都無法搭乘的公車或計程車，現在全都停在原地，唯有自己能穿梭其中的感覺讓人格外興奮。

雖然秀皓的話讓宣率有些在意，但也充分明白她的心情，不，甚至會認為這樣真的能感到滿足嗎？因為換個角度來看，那些曾經有可能享受的事物，如今再也體會不到了。當她這樣問起時，秀皓的臉龐掛上微笑。

「我當然有很多想做的事，比起看著公車漂浮在水底的模樣，更想實際乘坐公車去找家教老師，想要去看展覽，也好奇新開的虛擬現實電影院好不好玩。但沒辦法啦，比起執著那些無法挽回的事情，反正我自己也有很多的無可奈何，大家都有各自的無可奈何！那不就很公平了嗎？」

「這樣妳就滿足了？」

「怎麼可能呢，如果這麼容易心滿意足，我還會想知道這四年所發生的事嗎？雖然表現出來的態度是如此，但腦海裡總是有著許多大大小小的念頭，我也仍會好奇以前所認識的人現在都去了哪裡，在他們的記憶裡我又是誰，對他們而言，我還是那個蔡秀皓嗎？」

秀皓說完，靜靜盯著宣率，並且開口問道：「而且我也想知道，那些人仍是我所認識的人嗎？」

宣率忽然意識到秀皓在水底沉睡的時間與自己的年齡相近，這段空白的期間對她來說曾是相當遙遠的日子，如今卻一下子消失了界線。秀皓與秀皓認識的人們隔閡了快要二十年的時間，但是宣率和秀皓卻是昨天才認識，彼此的時間軸沒有任何的間隔。

這次輪到宣率開口：「那麼，現在才認識的人呢？……不是妳曾認識的人，而是此時此刻認識的人，我們不是現在才認識嗎，這樣不用害怕分離的期間內彼此是否起了變化，對吧？」

「不過我們還不了解彼此，比起認識的人，更像是慢慢熟悉中的人。」

在宣率不知道下一句該接什麼話時，秀皓接續說道：「老實說，雖然我不討厭這裡，但也不喜歡這裡。不過在找到答案前，我會繼續待下來，有可能會花上十幾天，有可能花上好幾年，在這段期間裡我也會更了解妳這個人，所以在找回記憶之後……。」

秀皓沒有將話說完，將身子靠向宣率，感覺到難以說明的焦躁感。宣率下意識地握住秀皓的手，濕透的衣服在水中飄盪，猶如融化之前的冰塊，她害怕再這樣下去這柔軟又堅實的手指會瞬間化作流水，就此消失。

「之後……？」

「要怎麼做呢？」

當秀皓反問自己時，她再度躍進大海。彷彿在回問宣率到時候是否會挽回自己似地，宣率蹲坐在地回想著兩人的對話，如同秀皓所說的，兩人的確才剛認識，甚至才認識第二天，都還不知道對方喜歡什麼、討厭什麼。

不過宣率喜歡秀皓，一頭烏黑的頭髮、雪白的皮膚、細膩的塑膠所製成的瞳孔、總是以客觀角度看待生命的態度、絲毫不強勢逼人的聲音……。

她不討厭秀皓，所以喜歡她。雖然用再多理由也難以具體說明這股心情，但人的心意本來就不需要用言語多加解釋。

宣率希望在她面前留下好印象。

●●●

在那之後，叔叔與秀皓未曾再碰頭，他們並非刻意避開彼此，而是自然而然就錯開。當叔叔在小屋工作時，秀皓會待在海底，晚上宣率回到山上時，秀皓則說想待在水邊。

再加上叔叔從未主動找過秀皓，兩人的關係彷彿只存在回憶中，宛如在茫茫人海裡，還在思索是否遇見自己認識的人時，卻已匆匆擦肩而過。

秀皓心情有些落寞，她不禁沉思起來。她覺得他們的相遇並不僅僅是在公車站巧遇那麼簡單，而是在首爾歷經戰亂、淹大水後才重逢的緣分，再加上其中有一方竟然變成機器人，甚至還失去了記憶。

那麼，叔叔為什麼沒有主動相認呢？是因為那段消失的記憶裡，真的發生了一些不好的事情，讓他無法開口嗎？還是兩人其實出自相同的原因而陷入裹足不前呢？

心想至此，秀皓回想起屬於自己的原因，腦海裡浮現幾個可能。她其實尚未決定是否要繼續留在老姑山，所以在無法確定的情況下，相認似乎顯得有些愧歉，此外貿然相認說不定會造成雙方的壓力與困難，就像她不知道該如何面對叔叔一樣，相信叔叔也有同樣的心情。如果那些被封印的回憶突然出現，任誰都需要時間才能消化。

所以，秀皓希望叔叔可以主動認出自己，即便知道渴望對方先鼓起勇氣的作為很狡猾，但她就是沒辦法克制，如果勇氣來自內心的餘裕，那麼比起剛甦醒的自己，待在這裡超過十年以上的人不是應該更從容嗎？

總之，秀皓認為叔叔避開水邊是一種冷漠的選擇，另一方面，她覺得在想親近自己的少女宣率面前，想著別人是不應該的事情。而且也擔心，若是擅自主動與叔叔搭話，可能會讓宣率困擾。

每當秀皓發現自己與宣率的談話朝向難以解釋的方向發展時，她便會跳進水裡，望著首爾那些與自己遠去的時間，就能將喉間的話吞回肚子裡。

在找到答案之前，她想好好活著，即便可能花上十天或是十年。

在這段期間，她將漸漸了解自己是誰，只是在她找回記憶後……。

她該怎麼做呢？

對於老姑山的孩子而言，秀皓是非常神奇的人物。宣率和智歐帶回一個奇怪的箱子時，裡面竟然跑出來一個人，她的皮膚白皙像是從未曬過太陽般。起初還以為她是住在海底的人。然而，當他們聽姊姊說她其實是機器人後，秀皓在孩子們眼中變得神奇和令人敬畏。

同時宣率和智歐的態度讓秀皓更神祕。他們像是接待貴賓般，萬般叮嚀不能讓她動手做雜事，也不能隨意向她問東問西，就連叔叔也變得很奇怪，以前總是會叫大家要好好相處，這次卻顯得有些彆扭。

光是可以在樹蔭底下聊天，對孩子們就很足夠了，他們似乎有著比起與屯之山的打賭更重要的事，好像隱藏了什麼重大秘密般地高深莫測，可能是只有年紀大的人才能知道的事情。他們把從叔叔的工作室偷聽到的幾個單字編織成故事，然後宣率的態度更替故事渲染出未知的神秘，但即便沒有這些加油添醋的故事，秀皓本身的存在就已經很吸引人了。

「她真的好像海鮮，不用氣瓶就可以潛水。」

「什麼海鮮，應該是像『魚』吧。」

「有什麼差別嗎？」

「海鮮是死掉的生物，魚才是在海底悠游的品種。」

天氣相當炎熱，孩子們提完今日的用水後，聚集在樹根附近休息，這裡是少數擁有樹蔭又能望見大海的地方，也是宣率許可的觀眾席，若是孩子們太靠近海邊，不僅礙事又會造成危險，因此她叮嚀過他們全都要乖乖坐在岸邊。

「那麼我們老姑山就有兩名潛水員了嗎？宣率姊姊跟那個人。」

「她在比賽結束後就會去江原道了吧？聽說那裡住了很多機器人，她應該會選與自己相似的人一同生活吧。」

「既然她要去江原道，那為什麼要教她游泳？」

「宣率姊姊跟叔叔不是一直在說，好像要替她找什麼東西，可能有東西丟在海裡，要親自去找才行。」

孩子們分成三派，一派相信秀皓會留在老姑山，一派相信她會離開，另外一派人則是擔心她會被其他山搶走。在海底找到秀皓的明明是宣率和智歐，如果去了南山或是屯之山該怎麼辦。

「還能怎麼辦，她想要去的話，誰能阻止她，這裡又不是要得到誰的同意才能離開。」

「不過，還是希望她可以留在我們這裡。」

大家的視線落在一名沒有開口說話的女孩身上，她坐在稍微遠一點的地方，像是鬧脾氣般地面朝山的方向轉去，她留著一頭碰不到脖子皮膚的俐落短髮，一臉怒目橫眉，她的名字叫治亞，十二歲。

治亞對於老姑山的孩子們而言，如同秀皓一樣陌生又奇怪，即便已經住在一起兩年多還是如此。當初由北岳山的大人們將她委託給叔叔照顧，據說自從與她熟識的姊姊獨自去了江原道後，她就經常惹是生非，嚷嚷著想去其他的山，因此才將她委託給叔叔。

治亞總是不願直視他人的雙眼，永遠走在距離大家三步左右的一側，更鮮少開口說話，因此孩子們也不知道該如何跟治亞相處。治亞會大聲說話的時刻僅在她跟別人吵架時，或是有求於宣率時，才會聽見她的聲音。治亞很想成為潛水員，卻總是遭到拒絕。

宣率的回答未曾改變，不斷告訴她水底很危險，還需要幾年的時間才能下水。每當這個時候治亞就會反駁說，姊姊從十一歲就開始潛水，那麼我不也可以嗎？不過只會聽見宣率淡然回應，那僅是自己的運氣好。治亞最後會氣急敗壞地嘟嚷埋怨，說還要幾年才不是因為年齡的關係，而是因為自己從外地來的差別待遇。

因此每當孩子們討論起關於秀皓的事時，都會不自覺察看治亞的臉色，她總是撇著嘴欲言又止，似乎不會講出什麼好話，另一方面孩子也好奇她明明有很多不滿，卻還是跟在後頭來到水邊的理由。即便任誰都沒有開口說話，但大家都知道最後一定會吵架。

「她當然會去其他的地方，怎麼可能留在這裡？」

今天治亞卻反常地雙眼直視其他的孩子們，甚至開口反駁。那些平時就看不慣治亞的孩子們紛紛出聲批評她，然而治亞也不服輸，直言說道：「就算叫她別走，也沒有阻止她的方法啊，要離開的話誰也攔不了。不過也沒有留下來的理由，不是嗎？老實說南山或北岳山比起這裡好太多了，不然就會直接去江原道啊，她自己不也這樣說過，我有說錯嗎？」

聽到她如此說道，原本不說話的孩子們也接二連三地駁斥她，他們說這裡雖然腹地狹小，但至少有叔叔、有宣率還有智歐，這樣就足夠了。並且大聲告訴治亞，若是這般不滿意老姑山就回去原本的地方。「回去！妳回去！」孩子們異口同聲地喊道。

治亞緊抿雙唇，起身離開，在她的身影漸漸縮小，消失在樹林間時，才有人出聲詢問，我們是否太過分了。即便再怎麼討厭一個人，任誰也無法狠下心看著她被大浪捲走。孩子們你一言我一語地反省，剛才激動的言語對治亞來說或許就如同一波波殺傷力強大的駭浪。是否該去向她道歉？但我們為什麼要開口道歉？到底誰說錯話了？

有一名孩子站起來，朝治亞消失的方向走去，因為在某一方不在場的情況下，檢討誰對誰錯根本毫無意義。那孩子消失片刻後很快回來，他說治亞拿著叔叔放在工作室外頭的懸浮滑板往水邊去了，現在儼然已經不是孩子們之間彼此道歉就能解決的事了。

在孩子們吵鬧的聲音戛然而止之前，宣率還無心理會他們。小孩子間無論要怎麼打鬧或和解，大人們插手的話只會讓事情更加複雜。她聽到孩子們的喧嘩聲時也是保持著與以往相同的想法，直到突發狀況發生時才驚覺大事不妙。

「懸浮滑板不是放在工作室外面嗎？治亞帶著它下水了。」

「她難道沒有問叔叔嗎？叔叔不是待在工作室裡，而且滑板沒有充電，應該也無法啟動。」

「叔叔還不知道，現在有人去告訴智歐哥了，但叔叔……。」

孩子們面面相覷，直到有一名孩子主動說出他們因為秀皓的事情起了口角，治亞說了不好聽的話，因此大家嚴厲指責她，甚至要她回去原本的山，但沒有想到她會真的去拿滑板，孩子們認為告訴叔叔一定會被罵，所以選擇先告訴宣率。

聽完孩子們的解釋後，宣率望向秀皓，她蹙起眉毛，露出為難的表情。聽到有人因為自己吵架，甚至還不見蹤影，任誰都會感到不知所措，秀皓僅是在水邊游泳就引起這麼嚴重的紛爭。宣率的腦裡充斥無數個問題。

天啊，現在得趕快開船出去找人嗎？應該這樣做才對吧？要怎麼跟秀皓解釋才好？她推敲著治亞會如此氣憤的原因，雖然想告訴秀皓她無需承擔責任，不過時間緊湊，說不定現在治亞已經出海了，之後等塵埃落定時再解釋吧。

「你們知道她往哪個方向嗎？」

「那個方向，不過不知道她是不是一直往那個方向前進……。」

此時身後傳來喇叭聲，智歐在小船上看著宣率與秀皓。

「秀皓，抱歉，我先去找她，妳別擔心，不會有事的。」

秀皓在沉默片刻後開口問道：「我也能一起去嗎？這件事與我有關，我無法事不關己似地待在這裡等你們回來。」

●●●

智歐以孩子們所說的方向為圓心，在周遭以畫圓的方式來回搜索。宣率則在船上告訴秀皓事情的原委。治亞是從其他山搬過來的孩子，有些適應不良，再加上宣率一直沒有教導她潛水的方法，因此心有疙瘩。秀皓點點頭，陷入沉思。小船大約繞了第五圈時，秀皓再次開口：「那是她嗎？」

宣率往秀皓所指的方向望去，水面上折射的光線如薄霧般覆蓋表面，讓人分不清天空與海水的界線，秀皓也告訴智歐那個方向，但他同樣無從辨認。

「看不太清楚耶。」

「總之先往那兒去吧，應該在那裡沒錯。」

因為是機器人，視力總比人類的肉眼好上幾倍。當宣率猶豫追問這件事是否不禮貌時，她發現秀皓眼睛的模樣與平常有所不同。原本由許多邊框組合成多層次的黑色圓孔，如今是一整片平坦的全黑，上頭的塑膠球映照出宣率的臉龐。

「怎麼了？」

宣率太過專心朝秀皓的眼睛望去，她意識到自己的臉已經發燙，趕緊別過頭。

「沒事、沒事，抱歉……。」

「看來很明顯呢。」秀皓噗哧一笑，用大拇指輕輕按下太陽穴，輕聲說明。然後她的眼睛像甲蟲展開翅膀般，邊框們又恢復原先的位置，秀皓似乎感到些微頭暈，輕微地搖晃了一下頭部。

「我使用了鏡頭。我知道有幾項指令，不過沒有使用過，剛才試試看竟然行得通。」

「指令？」

聽見機械用語的智歐突然眼睛一亮。

「其他人也可以下指令嗎？還是只有妳自己能這麼做？」

「我也不清楚，其他人應該也可以吧，不過我不想被其他人操控。」

秀皓並不喜歡這項功能，一旦下指令就像身體擁有自我意識般任意行動，即便指令是自己所下，仍會有股難以言喻地被操控感。雖然秀皓只是簡短說明，但任誰一聽即能了解討厭指令的心情。所以明白話中之意的智歐沒有提出試試看的要求，而是抓起方向桿轉往秀皓所說的方向。

小船往前行駛一陣子後，隱約看見一名短頭髮的孩子，她的雙手跨在翻倒的懸浮滑板上頭，在水中奮力划水。似乎因為引擎突然熄火，造成翻覆。雖然極力想回到滑板上，卻難以成功。智歐朝她響鳴喇叭，那孩子快速轉過頭，的確是治亞沒錯。

智歐拋出繩索，讓她能抓取，宣率先躍入水中，而秀皓則是緊跟在後。若是要同時將治亞和滑板都帶回船上需要兩個人，當她們靠近治亞時，清晰可見她一臉隨時會嚎啕大哭的樣子。

「天啊，連頭髮都濕透了，得趕緊擦乾才行，回去換套衣服好好休息，大家都覺得對妳很抱歉。」

宣率輕撫治亞的髮絲，她虛弱地避開宣率的手，眼神不時瞄向秀皓，開口說道：「我不想回去。」

「那妳要繼續待在水裡嗎？」

「不知道，我不要回去。」

「孩子們對妳感到很抱歉，他們說不應該對妳說那麼重的話，叔叔也還不知情，不會罵妳。」

「我要待在這裡。」

倘若現在只有滑板或是只有治亞一個人，就可以想盡方法將她帶回船上，但是治亞牢牢抓著滑板，讓宣率左右為難。智歐在船上向兩人出聲問道怎麼還不上船，夾在中間的秀皓像是不速之客，處境尷尬，在僵持的時間無情流逝後，終於有了轉機。

「我落水的時候弄丟了姊姊的項鍊。」

「項鍊？」

「那是去江原道的姊姊常戴的項鍊，找到那條項鍊我才要回去。」

她原本就有戴項鍊嗎？一同住在山上一年多的時間，卻絲毫沒有印象治亞戴項鍊的模樣。就算她平常藏在衣服底下，現在要下水尋找已經掉落在海底的東西絕非易事，要親口拒絕遺失重要物品的人是件難以啟齒的事，不過在這個世界上，無可奈何的事情也多得難以計數。

「我們太倉促地趕過來，所以沒有帶潛水用具，如果我們先回山上再過來，項鍊應該會沿著水流漂往他處了，對不起……應該很難順利找回項鍊，以後我再拜託北岳山的人，請他們找找姊姊有沒有留下其他的東西，我們先回去吧，好嗎？」

治亞沒有回答，抿緊嘴唇盯著秀皓。並非出於厭惡，她的眼神摻雜了羨慕、落寞、委屈還有憧憬。

宣率充分明白治亞的心情，看到大家如此喜歡新加入的人，那股被排擠的心情更強烈，同時也想向秀皓搭話卻沒能鼓起勇氣，再加上孩子們吵著要她回去的言語使她更孤獨。

但是現在該怎麼做才好，船上沒有潛水道具，同時也不知道項鍊落在哪裡，現在能做的只有帶治亞回去，將她的頭髮擦乾，讓她與孩子們和解，然後替她蓋上乾爽的棉被，答應她之後會教她潛水，並且讓她有時間與秀皓好好相處，這樣子便能安撫她浮躁的心。

這是老姑山的日常生活，也是宣率所知能做的一切。宣率苦思該如何是好，將視線落在秀皓的身上，她雖然人在這裡，但雙眼無神，帶著一副進退兩難的神情，像是莫名其妙被丟進突發事件般地不知所措，只能呆愣在原地等著他人給予結論。

一個是帶著懸浮滑板逃出日常定律的人，一個則是尚未擁有既定規律的人，宣率突然想到這兩端的世界勢必有著交界之處。現在找尋項鍊已經不是必要的事情，雖重要但不是必然，宣率請治亞稍微在原地等待，然後將秀皓拉往船的後方。

「真的很抱歉，我也不知道事情會變成這樣。」

宣率告訴秀皓這並非她的錯，治亞從以前就與其他孩子處不來，一直有所心結，只是剛好在這個時候爆發衝突而已，雖然鬧得不開心，但到最後都會順利解決，請她不用擔心。然後她向秀皓問道，能否到水底花個一兩個小時的時間搜尋項鍊的下落，不過無須一定要找回項鍊，只要在能力所及範圍內尋找即可，若是要彌補治亞在水中所遺失的東西，那麼這些專門為她花費心力的時間就是最好的補償。

秀晧欣然接受宣率的請託，她宛如方才調整鏡頭那樣，用類似的方式使眼睛發出光芒，潛入水中，她一一檢視著漂浮在水裡或是沉在底下的物品，不時拿起來察看，並在搜尋的過程裡不定時浮出水面與坐在船上的治亞四目相交。治亞若有所思，她時而沉默，時而發出啜泣聲。

「不用找了，不用再找了，我們回去啦。」

過了一兩個小時之後，治亞突然說出要回家。太陽已經來到半山腰，天色已是一片橙紅。治亞或許因為害怕自己會溺水，因此長時間奮力抓住滑板，讓她累得筋疲力盡，在抵達老姑山前就睡著了。

他們三人將治亞抱到小屋，讓她安穩休息後也安撫了其他的孩子，並且前往工作室通知叔叔。正確來說是兩個人過去而已，孩子們闖禍說穿了只是小問題，但秀皓不想因為這種小事就與叔叔見面，在智歐與宣率離開後，秀皓在小屋裡來回走著，整理思緒，然後坐在治亞的附近。

斜陽穿越窗戶，灑落在腳尖，像是在照亮黑暗的手電筒光束般，灰塵在光線間消失又出現，秀皓不知道新出現的灰塵是否是上一秒消失的那些塵埃。

出神地望著灰塵，雙眼彷彿獨立於身軀，佇立在世界裡的一角，徹底隔離聽覺與觸覺，腦中雜亂的思緒也被拋在後方發出悶響，思緒在下一秒又瞬間湊上前，如同開啟一道緊閉的門扉，聲音們頓時清晰無比。

秀皓感受到絲縷熱氣，原本漆黑之處更加深沉，這裡僅有一雙深黑色的眼珠閃閃發光。治亞望著秀皓好一陣子後將頭撇了過去，盯著天花板，用雖無力但平靜的語氣，朝虛空開口說道：「其實我根本沒有丟失姊姊的項鍊，打從一開始就沒有戴在身上，我只是因為不想回來所以撒謊。」

「這樣子啊。」

「我不是因為討厭老姑山，也不是因為那些原因就跟其他人吵架，我也不討厭妳。其實我很開心，真的很開心，我在水裡一直期待妳們會來找我，結果真的來了，但那時候好像也不能直接說我很開心。」

「現在說出來了呢。」秀皓語帶輕鬆，調侃著她。

「因為好像講出來也沒事了。」

治亞問秀皓是否會選擇待在老姑山，又問她為什麼要學潛水。秀皓也如實回答說想要找回遺失的記憶，所以想回到以前的住家，之後再決定是否要留在老姑山。若是真的選擇離開，她不會搬至其他座山，而會回到沉沒於水中的首爾。治亞聽著秀皓父母的故事，也緩緩說起自己的故事，那位跟她很要好的姊姊，在某天突然瞞著她搬去江原道。

「我也要去江原道，我要親口問姊姊為什麼自己去了江原道，我要罵她。」

「然後呢？」

「不知道，還沒想到那裡。」

治亞一講完又突然急忙否認，就像意識到自己不經意說謊後亟欲取消那樣。

「不、不、不，老實說我也不想去江原道，我想留在這裡跟大家好好相處，也想跟宣率姊姊變熟，不過這樣就不能繼續想著之前的姊姊，所以我很為難。」

治亞雖然視線望著天花板，卻沒有真的看著天花板，秀皓來回觀察治亞空洞的雙眼和開闔的嘴，耳朵聽著她的聲音，秀皓覺得自己像是看著一個女孩形狀的氣球躺在床上，裝填氣球的聲響透過孔洞瞬間呼出，很快地又透過孔洞恢復形狀。

「江原道其實隨時都能去，我不是因為討厭姊姊才這樣的。老實說我也明白為什麼姊姊一句話也不說就離開，因為太危險了，去江原道的路程太過危險所以她選擇自己過去，如果告訴我，我一定會拽著她要帶我去。我都知道，但是知道跟做到是兩回事，無論我再怎麼努力還是無法說服自己，即使詢問一下我的意見也好啊，那麼我就不會如此受傷了。」

治亞喃喃自語幾句後望向秀皓，爾後隨即進入夢鄉。秀皓思索著自己什麼時候才能在他人面前敞開心胸。說不出口的話太過微不足道，使得身體不著邊際地漂浮於空，就連周遭的事物也彷彿離自己非常遙遠，將話語自身體掏空之後，若是能裝填進富含重量又穩固的東西，那麼潛入海底時便能確實感受到海水包圍自己的感受，而不是沉浸在許久以前就已劃下句點的過往之中。

秀皓張開雙唇，找尋能填滿空白的字詞：「沒錯，我待在這裡的話，彷彿這整件事都是我的錯，比起追究是否為自己的錯，更貼切的形容是彷彿變成了翻攪不已的水流。」但是，秀皓不知道該責怪誰，或許打從一開始這件事就沒有誰對誰錯，她不知道該如何開口，也不知道到底想聽見什麼回答，不過好多話語就要脫口而出，擠在喉間，秀皓按下太陽穴，唸出「靜音」的指令。

換來一陣沉默，片刻的鴉雀無聲沒有換來平靜，心情也無法舒坦，彷彿只是按下暫停鍵。門縫間照射進屋內的光源展開成一道三角形，直到宣率出現之前，秀皓動也不動地坐在寂靜之中。

「妳在這裡啊。」

秀皓點點頭。

「叔叔說想找妳談話，我們一起去工作室吧。」

●●●

跟著宣率走向工作室的路上，秀皓對於自己是機器人的事情感到萬般慶幸，如果在這層皮膚之下不是金屬而是血肉之軀的話，現在耳邊一定被躁動的心跳聲所填滿，幸好自己能擺出泰然自若的樣子，在心底自言自語的秀皓輕輕地將握緊的右手放在胸口上，馬達用以與平常相同的強度與速度輕微運轉著，太好了。

叔叔向她道聲辛苦了，秀皓也告訴他們治亞願意敞開心胸的事。之後叔叔問秀皓是否已經決定之後的去向，結束與屯之山的比賽後，若是找回了記憶打算怎麼做，並且告訴她，無論是想去江原道或是其他的山，叔叔都願意幫忙，即使想要關掉電源或留在山上也都沒問題。叔叔將想說的話全都說完了。

在秀皓遲疑未答的片刻間，她揣摩著這些親切又客套的句子後面的想法，叔叔也如同自己裝出若無其事的樣子嗎？那麼若是自己有著馬達和鈦金骨骼，那叔叔擁有什麼？那雙眼眸如兩汪水窪，平靜又漆黑。

秀皓為了閃避那道目光而別過頭去。外頭的夕陽火紅，屋內有著許多層架，上頭擺了黃銅製的貓咪與陶瓷製的小豬，上次進來時明明未曾見過，一定是才剛擺放的物品，秀皓一眼就認出貓咪是喜姨放在醫院的物品，但小豬卻是第一次見到，說不定在消失的記憶裡，這只陶瓷小豬也占了一席之地，不，是一定存在。

但是這一切僅是猜測，她不知道叔叔真正想表達的意思，甚至叔叔一句也沒有透露，當叔叔望著秀皓時，感覺得出來叔叔想迴避些什麼，同時也有所期待，像是個擔心被發現卻又希望能就此得到解脫的人，對於無法吐實的罪過進行無聲的懺悔，這代表著叔叔是真心感到抱歉。

不過為什麼如此感到愧歉呢？

「我還沒想清楚，對，我還不知道，等回去以前的家之後，再告訴叔叔。」說出這般若無其事地回答後，秀皓心中的失落轉化為另一種情緒，那是些許的理解與些微的恐懼，由於太過細小，感覺隨時會轉換面貌，秀皓和宣率一同走出工作室。

●●●

「今天真是辛苦妳了，妳本來就已經為自己的事情心煩，還讓妳多操心了，真是抱歉，也很謝謝妳這麼努力找項鍊。」

「不用謝我，反正潛水是需要持續訓練的，就當作到遠一點的海域練習就好。」

「真的對妳很抱歉，不過幸好順利解決了。」

秀皓也接受了治亞的道歉，她明白治亞的心情，也告訴她平安回來就好。當時治亞流露出殷切期盼秀皓留下來的眼神，在秀皓的眼裡是那般單純可愛，治亞還向她坦承害怕自己無法跟其他孩子好好相處，秀皓聽言鼓勵她，這一切都會過去的。宣率聽秀皓這麼一說，想起關於佑燦的事。

「大家或多或少有著無法坦誠之處，都是那些過往累積的事，因為無法如實坦承因此才鬧彆扭。像治亞那個年紀的孩子，還能算天真可愛，講開就好。但如果年紀比我大的人還這樣扭扭捏捏，真的很討厭，就像佑燦那傢伙，每天只會找麻煩。」

「妳是說妳的對手嗎？」

「對，住在南山的那個孩子，叫他孩子還真噁心，隨便啦。」

但其實宣率也抱持著相似的期待，她衷心期盼著佑燦能像治亞突然敞開心胸，雖然現在看到他很讓人反感，但人與人總是要和解的，無法針鋒相對一輩子。

講得很起勁的宣率開始數落起佑燦的挑釁，但在數落完這些紛擾之後，她仍是笑著希望一切可以順利落幕，自她的語氣裡透露出另一種溫度。

說得也是，唯有天使能永遠懷抱著一顆寬容的心，疼惜他人、原諒他人、理解眾人想法。我們以凡人之姿無法做到這樣寬恕的行為，能像天使一樣對待他人是不將對方視作與自己相同的人才能實踐。像水裡的魚類不會向不會言語、不懂規矩的事物亂發脾氣般，對於那些沒有附加期待的對象，就能從容、富有餘裕地面對他們。

秀皓覺得有些豁然開朗，漸漸想說出關於叔叔的事情，因為能傾聽的人是宣率，她相信宣率能大方接納那些充滿未知的時間，她深信宣率能擁之入懷並且不被吞噬。在這片信任底下也蘊含了害怕自己會因此埋怨叔叔的心情，因為若是叔叔對那些空白的記憶感到愧歉，那麼代表這些片段可能不是多麼美好的時光。

「我突然有些好奇，不是每件事都能順利結束吧。」

「什麼意思？」

「無論是說出往事或坦承內心深處的想法，甚至容忍討厭的事物直到最後全都一五一十地說出來的話，嗯，難道不會讓事情變得更複雜嗎？」

「妳說得也沒錯，我認為誠實並不一定能解決問題，但若要解決問題，一定要誠實。如果想要聽到彼此真實的想法，那麼閉口不談或是避重就輕絕對無法解決問題，只會讓那些待解決的問題表面上看起來風平浪靜，結果底下是顆不定時炸彈。」

宣率說自己對於老姑山的人有些愧歉，當初是因為自己說出佑安姊姊的事情，才讓老姑山分崩離析，即使叔叔嘴上說著沒關係，但她還是難以釋懷，每當看著留在這裡的孩子時，內疚之情就愈漸強烈，即便試圖說服自己早已無法挽回，但仍能感受到心頭的重擔。

「所以我不斷告訴自己要努力才行，雖然佑燦自己也有過不去的難關，但我也有責任，我希望不再發生類似的事情，希望大家都可以和平相處，不吵架、不鬥爭，因此我喜歡盡量先把話說開。」

宣率難為情地笑了，接續說道：「不過不簡單，像今天的事情就是如此，我平時應該多照顧治亞才對。」

「至少今天圓滿結束了，是吧？」

「沒錯。」

聽見宣率爽朗的聲音，彷彿身軀裡未植入的心臟正上下起伏，秀皓忽然明白，若是要觸碰過往的記憶，若是要繼續活下去，則必須踩過宣率所肩負的罪惡感與責任，但是如果選擇在比賽過後就關掉電源，對宣率也不是件好事，秀皓點點頭，她捫心自問，究竟該怎麼做才好。

無論她怎麼左思右想，似乎都不是靠自己的力量便能找到解答的。

「其實我也有想要坦承的事情……我覺得被抹去的那道記憶應該很不快樂，所以有些令人擔心，我害怕因為我的關係讓妳為難。」

「妳有想起什麼關聯了嗎？」

「不是，我只是認為應該有刻意刪除記憶的理由。」秀皓撒了謊。

「嗯，是嗎，妳會不會一時想太多了，妳的個性感覺不會遷怒於他人。」

宣率轉過頭，朝著秀皓笑得很燦爛。

「總之我希望妳能誠實告訴我妳的想法，想說就說，不想說就別說，妳開心就好，畢竟那是妳的記憶。」

然後所有的單詞瞬間一溜煙地跑光了，秀皓和宣率一前一後地走著，她們經過了治亞入睡的地方，兩人沒有目的地的不斷走著，她們走了好遠一段距離後才發現走了好久的時間。

不過秀皓沒有開口提出要回去，僅是悶著頭不斷走著，腦海裡能使用的單字全都被掏空，腦子裡僅剩一團亂，為了找尋能說明的字詞，她只能不停歇地行走，直到她們走過大樹，腳踝碰到海水時，宣率才輕輕「啊」了一聲。

望向一旁的秀皓也停止腦中的思緒。她不知道是因為夕陽沁入海中的美景還是因為宣率的表情。秀皓黑色瞳孔內的光點轉移至前方，夕陽來到雙眼平視的高度，它比起高掛天空時來得更加巨大，散發出橙色光芒。

宣率開口說道：「妳總是讓人想起夕陽呢。」

「夕陽？」

「對啊，因為第一次跟妳對話的時候也是日落時分，所以……。」

宣率有些含糊其辭，她握住秀皓的手，再平凡不過的觸感自掌心傳來，若是將這段期間以來所聽到的故事合而為一，過濾多餘的單詞之後，是否只會剩下溫暖的熱氣呢？這股溫暖的熱氣能填滿任何空洞的空間，比起冗長的說服更能傳達更多的心意，所以……。

夕陽的餘暉擁抱了秀皓，她握緊宣率的手，嘴裡默念著「所以」。

所以等到回到舊家一探究竟後，她好像便能對宣率坦承一切了。

回首爾的路途

智歐坐在後山的小路邊修理收音機，叔叔忙於處理積累成山的訂單，而宣率跟秀皓總是黏在一塊，智歐就沒什麼事可做了。治亞與孩子們在些許尷尬之下握手和好之後也跟在宣率的後頭，她從今天開始學習潛水。

所有事情都擁有了不錯的結果，孩子們跟治亞都是，雖然可能還是會起爭執，但不會鬧到要賭氣拿著懸浮滑板衝到海上的程度。太好了。智歐喃喃自語，將調頻鈕往右轉到底，如彈簧般起起伏伏的頻率傳出，不過沒有接收到任何回應，唯有令人煩躁的情緒。

煩躁的理由有很多，因為無事可做、因為雖然有了收音機，卻收不到正常的訊號、因為老姑山似乎起了變化，秀皓占了絕大部分的原因，而自己在這其中卻毫無貢獻，像是只差幾步就從主角變成配角般，雖然對於大家是好事，只是對於我呢？

智歐想起那天開船出去的種種，然後再次試著轉動音頻。一道影子突然出現，抬起頭後看到了佑燦。

「收音機？看起來是台故障的機器，如果想用這種東西贏得勝利的話……。」

這不是一般的收音機，而是經過改裝可以接收訊號的收發機，也可以接收海上的電波，叔叔為了這一台收音機專程去一趟板橋。雖然智歐想要一股腦地告訴佑燦，但他選擇閉嘴，因為說到底它就是一台普通的收音機。

「不是，這是我的東西，宣率會用其他的東西參加比賽。話說回來，平凡無奇的東西可是贏不了我們的，你有好好準備嗎？」

「準備齊全後才過來的。」

「所以你是來找麻煩的嗎？」

「你明明都知道，為什麼還大呼小叫，我是來看姊姊的。」

「喔，對。」

即便搬去南山後，佑燦還是每兩個月會過來老姑山，在佑安的墳墓上放置禮物，他偶而會帶來戒指或項鍊等等，雖然沒有用處卻精美的飾品。

智歐發現自己從配角成為了臨時演員。在叔叔、佑燦、宣率三人之間的曲折裡，自己的存在根本可有可無，雖然三個人曾經和睦相處，現在跟佑燦見面也可以開心地聊天，但僅只如此而已，胡亂閒聊生活小事與真摯交心是兩回事。

他感到鬱悶的同時也在心中冒出疑問，為什麼大家相處了好幾年的感情，卻要因為無可奈何的事情而僵持不下？難道不能停止追究誰對誰錯，回到以前和平相處的時光？這樣不是對誰都好的結局嗎？

沒有人能回答為什麼忘不了，因此對於智歐而言，與佑安的死有所關聯的人們就像台複雜的機器。像面對一顆按鈕，雖然知道它與什麼功能連接，但無從得知它會如何作用，不知道過程是否會出錯，甚至不知道它能否正確發揮功能。

無法拆解的機器該如何修理，他們三個人會像治亞突然敞開心胸那樣解開彼此的誤會嗎？沉浸在思考中的智歐許久後才發現，佑燦已經漸漸遠去，佑燦的背影在岔路往右邊而去，那是通往蘆葦田的方向。

●●●

「我們山上有人可以徒手捕鳥，雖然我不知道他是怎麼辦到的，那些鳥即使人類靠近也不會飛走，只要抓對時機就可以成功了，我親眼看過一次，真的很神奇。」

「捕到之後要幹嘛？」

「負責捕鳥的人不喜歡動刀，因此有其他負責處理後續的人，因為要烘烤的話需要將羽毛全數拔除。味道挺不錯的，雖然吃不了太多，姊姊妳可以吃東西嗎？」

「當然不用吃東西，我只需要電池就可以維生了。」

「是喔？大家一直說如果捕到鳥兒就要叫姊姊過去，每個人都想跟妳講話，不過宣宰姊姊吩咐說不可以造成妳的困擾，所以大家都忍著不敢跟妳說話。」

秀皓以愜意的姿勢，像躺在吊床上地輕輕漂浮於水面。由於她的姿勢太過自然，就算說她在水底下的身體長有魚鰭也不奇怪，一旁的治亞將手臂撐在木板上，自顧自地說道。

智歐在一旁靜靜地看著她們，原本因為佑燦來了，他要來警告秀皓別靠近蘆葦田，結果沒想到瞧見意外的光景。

「我第一次看見她說這麼多話。」

「她應該很開心吧，不只是治亞，只要可以跟秀皓相處，大家應該都會很興奮，因為我叮嚀過要他們別打擾秀皓，大家都忍得很辛苦。」宣率說。

「可是妳不是答應要教治亞潛水嗎？」

「我正在煩惱這個問題……。」

老姑山只有一副氣瓶和頭盔，當人們漸漸搬離老姑山時也帶走了潛水用具，秀皓由於無須呼吸所以沒關係，但如果要帶治亞潛水則還須另一副潛水用具。

「如果要履行跟秀皓的約定，就必須拿到頭盔，現在只在淺水區還可以比手畫腳，真的要潛到底下的話就必須要保持通話才行。」

「不過妳會在前方帶她下去，只要她乖乖跟在後頭就行了，不是嗎？」

「這是因為你沒有潛過水所以不明白，在這裡可以用是或否解決，但在海底時需要告訴對方，哪裡需要再搜索看看、這裡由我負責、那裡交給妳、我找到了這個……這些來往的溝通怎麼可能用手語傳達。」

「所以真的需要一副頭盔。」

「對，只要有頭盔，現在馬上可以開始。」

製作頭盔需要許多零件配備，蒐集材料需要花費相當可觀的時間。智歐思索著解決方法，同時回想著比賽的規則。佑燦若是贏了可以拿走氣瓶，宣率贏了可以獲得搜索明洞的地權，那裡原本是南山的潛水員使用的地盤，但特別容許宣率使用。

當他想到此，心裡浮現一個想法。

「反正我們一定會贏得比賽，我們贏了可以在明洞潛水是吧？」

「對。」

「這其實是非必要的獎勵不是嗎？」

「你說的沒錯。」

宣率頓時明白智歐的意思。雖然區域不同可以搜索到的東西有所不同，但佑燦當初是挑釁她的實力才提出這個獎勵，只要自己擁有資源豐盛的區域，也可以像佑燦一樣收穫滿滿。不過雖然明洞裡擁有許多富含價值的物品，但要搭船到遙遠的市中心的確相當麻煩，另一方面來說，仔細想想真的也不是急迫性地需要到遠處潛水。

「那麼向他提出把明洞的地權換成潛水用具如何？」

智歐輕聲問道，宣率不假思索地爽快認同。

靠近路邊的蘆葦草裸露出光禿的枝枒，四周一片昏暗，要走至蘆葦田的底端才能望見僅存的低垂陽光，微弱地如手電筒的光線照亮視野。智歐走向高起的墳丘，來到佑燦的身後，朝著灰暗的微光中而去，然後又回到原點。遮蔽墳丘的樹蔭如同一座框架，斜陽所形成的影子格外漆黑又鮮明。

片刻後，智歐坐在佑燦身旁，佑燦看來絲毫不在意。兩人有好一陣子沒有交談。蘆葦輕搔身軀，淹沒腿部的一半，在風中沙沙作響。其中一方在無意間開始了對話：「幹嘛又過來？」，「就只是想過來。」

幾句閒談後，智歐切入重點，他們不需要明洞的地權，希望可以換成潛水用具，反正南山還有很多潛水用具，跟讓出地權一樣，應該沒有損失。佑燦思索片刻後，意外地點頭同意。

「你不是唬人的吧？」

「真的可以給你們潛水用具，你們贏了就拿去。」

「真的？」

「我為什麼要騙你這種事情，我是認真的。」

「那我們如果輸了比賽，你要我們交出氣瓶也是認真的嗎？」

「跟這個有什麼關係。」

「因為南山擁有的預備氣瓶不是很多嗎？我們只有宣率那一支而已，我只是想說如果哥哥沒有急需的話，為什麼還要賭上它，如果你要求螢幕之類的電子產品，還算能理解。」

雖然智歐提出的是問句，但其實他知道答案，因為宣率所使用的氣瓶原本是佑安的物品，佑燦從以前就到處蒐集佑安的遺物，這次想必也是相同的理由。

「因為氣瓶很珍貴，多一支當然有備無患。」

「值得讓你交出明洞？還是值得讓你用潛水設備來換？」

暗自深呼吸的智歐為了避免讓佑燦聽出真正的用意，極力地掏出問題：「那麼如果換成是其他人，你也會提出相同的條件嗎？雖然老姑山的人幾乎都去了南山，不過現在住在南山的人，主要還是原本的居民吧，哥哥你自己決定要讓出明洞的地權，應該很不容易吧？」

「雖然明洞在南山沒錯，但本來就沒有人在海底劃線瓜分區域，有人主動提出想使用的意見，有什麼不行的。」

佑燦的眼神變為銳利：「你到底想說什麼？」

那道視線緊盯著智歐，使得他緊閉雙唇，不知是否因為佑燦比叔叔高一些，還是表情使然，佑燦有著能讓人感到怯懦的氣場，雖然智歐想親口聽佑燦坦承，其實沒有必要，僅因為是姊姊的遺物才想拿走的告白。但似乎沒有希望聽到了。

沉默過後，佑燦突然開口：「你知道今天幾號嗎？」

「昨天好像有看日曆……應該是六月五日，還是六月十五日吧。」

「我是問你知道今天是什麼日子嗎？」

「我知道離比賽只剩三天了，怎麼了嗎？」

「今天是姊姊的忌日，以我們的月曆為準的話，是六月十七日。」

「啊。」

智歐發出短促的聲響，他發現自己似乎永遠無法明白佑燦的世界有多麼的複雜又單純。像是整座世界只圍繞著佑安運轉，沒有人能找到空缺擠進他的世界，智歐或許不明白這是什麼感覺，但他知道，若是心裡只想著一個人，思緒反而會更加複雜難解。

現在會細數日子的人已經為數不多了，因為不好執行。機器所顯示的時刻會慢慢出錯，紙張的月曆則會逐漸發黃消失在濕潤的空氣與海風中。所以人們大多不是倚靠數字而是順序，不過佑燦不一樣，他清楚記得佑安的忌日是六月十七日，也記得今天就是六月十七日。

所以智歐經常好奇佑安在佑燦心中是什麼樣的人，連模糊的日期都能清楚記在心上的關係究竟是什麼感覺，家人真的是如此重要的人嗎？對於智歐而言，佑安僅是數位大人中的其中一位，當他在朦朧的記憶中遊蕩時，佑燦再度開口：「比賽結束後，我打算去江原道，雖然那裡用電網圍起來，但運氣好的話會獲准進去，即使被趕出來，附近還有那些被趕出來的人所聚集而住的村落，那裡至少沒有那麼封閉……應該會跟這裡很不一樣吧，雖然不知道會比較好還是比較差。」

不知是自言自語還是朝著智歐所說，抑或是對佑安的傾訴，他的語氣讓人難以區分，智歐小心翼翼問道：「這是具體的計劃，還是只是想想而已？」

「我從之前就打算過去了，也跟南山的人提過，而且也告訴他們會讓出明洞，反正他們都知道我是老姑山過去的人，所以即使真的輸了就當作將一部分的地權割捨出去，潛水用具也是相同的道理。」

「等等，那麼代表你真的需要氣瓶啊。」

「當然需要，我只差那個了⋯⋯。」

佑燦閃爍其詞，簡短地補充：「雖然也不是真的必須。」

這是佑燦真實的想法。

智歐聽言，瞬間在腦海裡浮出更多的問題。所以當他收集完佑安最後的遺物後就要離開了？所以把一副潛水用具讓給老姑山也沒有關係？可是他要氣瓶做什麼？項鍊還可以放在墳墓上，但難不成氣瓶也要這樣棄置嗎？那麼假使宣率拿走也沒關係嗎？

「佑燦哥。」

智歐清了清喉嚨：「我不是因為怕我們輸才這樣說，雖然我們一定會贏，但好像還是要先告訴你這些話。哥主動棄權跟輸給我們是兩回事，所以，我的意思是，哥不也知道這樣是毫無意義的嗎？過去的事雖然也很重要，但是現在……。」

繞著圈子的句子無論怎麼說都不通順，當智歐明白比起迂迴地旁敲側擊，倒不如誠實說出重點之際，佑燦突然打斷他。

「先不管這些事，你知道自己的問題出在哪裡嗎？」

「出在哪裡？」

「不知道怎麼好好說話。」

沉浸的記憶

總之佑燦接受了智歐的提議，比賽如期舉辦，對方是南山的人，這邊有著叔叔、宣率、秀皓和智歐，中間有屯之山的潛水員，當然前來觀賽的人更多，其實若是船隻夠大，大概整座老姑山的孩子都會擠過來觀看比賽。

大家原本看著宣率雙手空空的模樣，還議論紛紛，結果一看到秀皓露出後頸的插頭時，各個驚呼連連、不敢置信，評審們也是相同的反應。

「妳到底在哪裡找到的？竟然能找到這麼完好無缺的……。」

男子吞吞吐吐，思索著合適的稱呼，最後選了個中規中矩的字詞。

「完好無缺的孩子。」

屯之山的潛水員不知該如何面對擁有外殼、需要靠電池活動的女孩，每個人都表現出慌張的模樣。宣率則是用趾高氣昂的神情看著佑燦，雖然無可否認地是能儲存五部電影的小型播放器確實很厲害（甚至備有太陽能板！），但是根本無法與人形機器人比擬。

「我在住宅區找到的，因為整座箱子未經開封，所以沒有受損。根據說明書所寫，以前的人會將死去的親友製作成機器人，雖然不是很普遍的事情。」

宣率只是粗略帶過秀皓的所在地，畢竟明確告訴眾人在哪個大樓的地下室有數十台未經開封的機器人並不是個好選擇。

「她不需要呼吸也很會游泳。」

「可以入水嗎？她是電子產品耶，所以防水效果做得很完善嗎？」屯之山的一名潛水員開口問道。

「對啊，她的重量也很輕，浮出水面也相當快速。」

評審環顧四周的人，簇擁而上的潛水員全都閃過欣羡的表情，每個人都知道在水裡可以不用換氣還能行動自如是多麼夢寐以求的事情，在水中只要一有差錯就會隨即面臨生命危險，許多潛水員皆有過從運氣不好、喪命水底的人們身上拿走氣瓶的經驗。

評審與眾人交換眼神後再次望向宣率，自評審的眼神裡已經可以判定勝利，畢竟人形機器人對上影片播放器，這場比賽的輸贏盡在不言之中。宣率想起比賽獎勵，感到一陣心安，屯之山的潛水員也為了這場比賽賭上自己的區域，若是只靠評審的裁判就太不公平了。這場比賽的贏家不僅可以帶走自己的戰利品，還可以拿走輸家的戰利品。

這樣看來屯之山的人一點也沒有損失，因為小型播放器也是相當值得炫耀的物品。

「好的，那麼……看來各方都沒有意見。宣率獲得勝利，之後妳再跟佑燦商議後續即可。」

聽完評審的裁定，宣率望著佑燦，他看起來雖然不開心，卻也沒有因為吃下敗仗而氣憤的神情，整個人像是沉浸在其他的思緒之中，魂不守舍。

●●●

遠端操控的時間顯示一點三十二分，刺痛雙眼的不知是熾熱的艷陽還是熱氣。小船穿越於雲霧籠罩之間，搖搖晃晃。建築物們像是從海底竄出的光線般，閃爍光芒。

智歐輕吸一口氣後，很快就再度吐出。將空氣遺留在身體裡過久的話，彷彿熱氣也會侵入細胞。他將身子伸出船體外側，將手浸泡在水裡直到手肘，海水有些溫熱，能在太陽高掛於空時還享受這溫暖的海水，智歐不知道有多羨慕潛入海水的宣率與秀皓。

他們向佑燦借了頭盔後隨即開船出海，叔叔說之前已經出門一趟，所以留在屯之山修理物品，佑燦則是執意要跟著他們出海，他說即便之後就要去江原道，還是想知道自己的頭盔會交給誰使用。

「可是我沒想到哥會馬上交出頭盔。」智歐將手伸回來，朝對面的佑燦說道。烈焰高掛於空，智歐皺起眉頭，聲音也有些浮躁。

「我不是有跟你說過，氣瓶那種東西，不是必需的用品……。」

佑燦閃爍其詞，馬上轉移話題：「不過我想不通你為什麼要幫她們。」

「什麼意思？」

「你不是每當我去看姊姊時都會問我，為什麼要在意以前的事情。」

「她不是也打算只活到找到記憶為止，那麼以前的事也就是現在的事了。」

「既然這樣，佑安姊姊也是現在的問題，臭小子，如果按照你的邏輯來說，她要找記憶這件事打從一開始就沒有任何意義，難道不是嗎？現在找到了又能怎麼樣，也就只能接受啊。」

「兩者一樣嗎？」

「你要我解釋幾次，即使意外已經過去很久了，但在人們的心中卻不會結束。」

佑燦咂了聲嘴，凝視海平面。

「我以前以為只要將墳墓遷移至南山，並且收集完遺物後，我就可以忘記她了。但是從某一刻起我突然感到不知所措。我從前就維持著這個習慣，所以未曾改變，但內心卻不斷浮出問題，這樣繼續下去，一切真的會結束嗎？」

「當然不會結束啊，就算你這麼做，姊姊也不會復活。」

「你知道的事情，其他人知道，我也知道好嗎，臭小子，所以我才想去江原道，說不定離開水邊生活就能完全忘記她。」

智歐點點頭，從佑燦的話能聽得出來，他正在努力忘記過往的傷痛，搬到他處與全然陌生的人生活並非易事，但如果能藉此轉換心情當然是好事，比起收集遺物，下定決心離開這裡的確是更好的選擇。

「那你出發去江原道前不試著跟叔叔和解嗎？直到現在還討厭他？」

「當然討厭，我逼不得已只能討厭他，雖然跟以前感覺有些不同了。」

佑燦躊躇難言。

「我在那之後也不斷思考，直到最後，我知道這一定是姊姊自己的選擇，她並不喜歡待在這裡生活，雖然那個男人也難辭其咎。」

「等一下，所以你即使明白姊姊的心情，還是責怪叔叔？」

「我是因為無法理解啊，一般人有可能對方叫他不要餵藥，就真的不餵藥了嗎？看到眼前的人一副快死的模樣，難道會棄之不顧？再怎麼說也要先讓她吞幾顆藥才是正常反應吧？」

佑燦繼續說道，就算是看到死對頭溺水的模樣，也會先救對方上岸。怎麼可能眼睜睜看著熟識的親友在自己的眼前慢慢死去。

「我其實已經不責怪叔叔了，長時間溺水的人即使吃藥也不會好轉，我那時也只是想找對象出氣罷了。總之我還是不知道為什麼自己就是無法消氣，心頭那股鬱悶、煩躁的感受揮之不去，但是我無法突然就此釋懷，找他問個清楚……。」

智歐不知道該如何回答，只能迴避佑燦的視線，往右方望去，綁在鉤子上的潛水繩在水中搖晃擺動，彷彿就要斷裂，他伸出手臂確認繩索，即便看起來晃動不明，但在水下卻是堅實無比。在光影底下遺失形體的東西，其實從未改變。

●●●

秀皓跟在宣宰的後頭，盡可能地用雙眼搜尋周遭。

她原本以為在老姑山學習游泳的期間，已經熟悉當今首爾的光景，沒想到再次回到熟識的社區時，竟有種難以名狀的心情。該說眼前的景象沒有確切的真實感嗎？她好像來到了死後的世界，這個比喻比眼前的環境還要真實許多，她蜷起膝蓋與腰桿，然後再次展開，身體隨之往下潛入，將自己投身在許久以前就死亡的時間之內。

記憶中的道路與大樓停滯在湛藍色的海水間，高樓大廈自十個車道的左右兩側蔓延開來，區域劃分鮮明的四角形在水中扭曲了稜角，那些曾經居住在裡面的人就像螞蟻們鑽進了消失的果凍螞蟻窩。

上小學之前，曾經買過螞蟻生態箱，結果養了三個月後就丟棄。生態箱因為比機器狗便宜，又比養育活生生的小狗便宜一些，因此數十年間以「真實生命」的理由總是占據玩具商品櫃的一角。人們可以不帶罪惡感地任意丟棄這些「生命」，因為牠們為數過多，毫不稀奇。觀察這些螞蟻們啃食藍色果凍，挖洞築巢生存的模樣雖然新奇，但養螞蟻的樂趣說穿了也僅有這一項，時間一久必定會感到厭煩。

在秀皓的眼裡，首爾與居住在首爾的人就像一座大型的人類生態箱。無論是七十歲的爺爺，或是正在長大的孩子，從箱外看來僅是一團又一團渺小柔軟的肉球，若是這個超過一半國土都泡在水底的國家，只是一座生態箱，那麼這個世界上的一切痛苦，是否會變得微乎其微。大型導彈在各地引爆、戰爭動亂。水壩潰堤、大水淹沒房屋與街道，倘若這些景象只是生態箱裡的一處光景，是否就能讓人不感到痛心。

曾在電視裡看過的新聞迅速地閃過眼前。由於政府機關遷址至世宗市，造成首爾市的房價暴跌，還有日益緊張的國際情勢角力之下，蠢蠢欲動的第三次世界大戰之徵兆等，秀皓好奇若是當時沒有死去，將會遭遇到怎麼樣的人生。二〇四二年的地球擁有六十七億的人口，想當然爾也有六十七億個苦難會發生。她不禁猜想自己沉睡十五年的時間，說不定比活過這十五年時間的人都還幸運，但真的能以幸運形容嗎？

在世間的痛苦之中，找尋自己所屬位置的秀皓，想起了自己的父母親。母親與父親都是好人，雖然因為工作繁重，無法經常陪在身邊，卻是真心地疼愛女兒，但究竟對於女兒的愛有多深，深至想將女兒做成機器人，延續其生命，甚至忽視女兒的意願，不顧她痛恨至極的感受。

或許正因如此，想到父母親可能與首爾一同沉睡的事實，雖然悲傷卻感受不到思念的情懷。那些理當成為回憶的時間只在腦裡留下了空白，而這份空白看來是父母有意造成的結果，不管是女兒比起預料的時間還晚過世，還是失去了用處，總之二〇四二年的他們，已經不需要二〇三八年以後的秀皓了。

—這裡對吧？

宣率的聲音將秀皓從思緒中拉回現實，她將注意力放回眼前。她像塊厚實的方墨，佇立於圖畫紙前。仔細端詳這片陌生銅版畫的她，在右下方發現熟悉的數字。一一〇三號，由她帶領方向的時候到了，秀皓奮力划水，往下游去，宣率與秀皓之間的繩索也隨之拉緊，維持著兩人間一定的距離。

—在一樓嗎？

在快要抵達地面時，宣率開口問道。

—不是，是五〇三號，五樓的左邊。

—那就不用潛到這麼深了。

宣率邊說邊往上游，即便一起潛水過幾次的經驗，秀皓這才想起無須從一樓進去大樓的規則，只要從該樓層打破窗戶就可以進到屋內，不過看到同年齡的女孩提小型鑽孔機，往窗邊鑿洞的景象還是令人感到不敢置信。

——裡面已經淹滿了水，應該不用擔心水壓差異的問題，找看看有沒有開著的窗戶或是有縫隙的地方。陽台是上鎖的狀態……妳家是這裡沒錯吧？

宣率開口問道，按下鑽孔機的開關。嗡嗡嗡，聲音像是被數十件棉被覆蓋般格外沉悶。

——對，看來沒有特別的變化，應該沒有搬家。

窗戶上鑽了一座圓形的孔洞，大小足以讓手臂通過，秀皓靠上前，將手伸進去打開窗門鎖，宣率等秀皓站遠些許後才打開陽台的門，水流因空間的暢通出現些微晃動。

—我看看，空氣剩下多少……十五分鐘內可以結束嗎？

—家裡應該沒有什麼，我的父母親平常居住在公司附近，只有週末才會過來，從小就是這樣了，只有在週末的時候才是一家人。

—那妳從小就自己住在這裡嗎？

—不是的，還有一位負責打理家事的阿姨，還有可以跟我聊天的智能喇叭……。

雖然不是電視劇裡出現的財團世家，不過的確是經濟富裕的家庭，父母兩位在不錯的ＩＴ產業工作，忙碌的他們，平時就連視訊通話的時間也不多，即使在女兒住院後也依然抽不出時間。然而這樣只為工作而活的父母親，如今也沉睡在水底了，那些賣命工作的付出、忍耐孤寂的毅力、亮麗風光的頭銜如今也泡在水底，化為烏有，心想至此讓人不勝唏噓。

—父母很擔心我。

秀皓將錯綜複雜的想法化為一句話，推開窗戶進到屋內。宣率打開手電筒，將圓形的光束照射在陽台與客廳中間的玻璃。刻意將腳踏在地板上的秀皓，打開通往客廳的內窗，慢慢地環顧四周，客廳的兩側設有兩間房間，右邊的房間雖然較大，但左邊那間才是自己的臥房，玄關另一側的廚房前有張長形的桌子，將客廳與廚房的空間區隔開來，廚房後還有一間小房間，那是阿姨平時的居所……。

—爸媽的主臥房是最大的那個房間，我想要先去那裡看看。

——妳爸媽的房間嗎？

宣率語氣流露著不安，接續著說。

——沒關係嗎？

——怎麼了？

——因為……我們在潛水時看過很多死去的人，所以我才問的……。

秀皓明白宣率的意思，倘若直接目睹父母的死亡，想必對人皆是相當衝擊的畫面，所以出聲提醒她。但其實可能性並不高，他們應該不是會呆坐在家裡被水淹沒的人，若是真的過世了，屍體應該會在板橋，因為一週有五天的時間都待在那裡。

——我剛才不是說他們只有週末會過來，我想他們應該不會在這裡。

秀皓進到主臥室，宣率用手電筒照亮去路，光源自圓心散發，點亮整座房間，桌子和床具等較重的家具仍擺放在原位，唯有較輕的物品四處散落。

雖然已經看過無數個被水淹沒的住家，但看到自己熟悉的家裡變成這副模樣還是讓人五味雜陳，雖然是老掉牙的形容，不過如今只能用像在夢裡迷失方向般形容秀皓現在的複雜心情，像是有人拽著自己的頭大力晃動，所有念頭與記憶全都混濁不清，亂成一團。

秀皓仔細查看每一樣家具，有全息影像投影機，還有一張木製的旋轉桌椅，這樣毫無邏輯性的裝潢，讓人想不透是誰的喜好，秀皓想著自己的父母真的曾經喜歡過這些東西嗎，她感到陌生不已。

最後有一項東西，吸引了她的目光，那是台平板電腦。她想知道透過這台平板電腦，收發了什麼樣的郵件，最後與誰進行了視訊通話，在雲端資料庫上又存放了哪些照片。不過這些資料早已與漆黑的螢幕一同死去，宣率輕輕撫過平板的螢幕，將手挪開。

—如果可以通電就好了。

—電子產品幾乎都損壞了，只要不是密封完善的電器，基本上都不會打撈回去。

—真可惜看不到裡面的資料，因為裡面存放著照片跟通訊內容。

—說得也是。

宣宰恍然大悟，點了點頭。

—原來如此。

秀皓將快要揮發的記憶留在房間，游了出來，宣宰的聲音透過頭罩傳來。

—我好像明白妳的感覺了，許多大人們仍攜帶著以前的手機，即使都成為壞掉的磚頭也無法丟棄，他們只要想起往事就會長按電源鍵，說希望至少能再看一次畫面，但我不明白這樣的意義。

—妳不明白意義？

秀皓覺得納悶。

—即使手機性能再怎麼好，只要沒有電源一切不都沒了嗎，所以為什麼不將那些珍貴的記憶印刷出來，直接保存實體的東西呢？我經常這樣想，以前的世界就連正常堪用的東西也能狠心丟棄，那是否代表回憶片段比這些實體東西還要不值得？

—不是人們忽略回憶的價值才這樣的，而是當時的機器太過優秀，尤其是在肉眼看不見的地方，發揮了極大的功效，才會演變成這樣的。

秀皓想起了那句天真的廣告文句：本公司所驗證的雲端服務分布在全世界五十六個國家，可以將您的資料安全儲存……。

—當時的世界就是如此，就算是遺失的東西或是在遠處的東西，也能隨時顯現於眼前，這種行為模式是理所當然，我們已經自然順應這樣的方式，因此沒有收藏實體物品的需要。

—是喔。

宣率仍舊帶著困惑，若有所思。

—可能要經歷過那種生活才能明白。

—我想也是。

秀皓點頭後，穿過客廳前往自己的房間。浸濕的地毯猶如細軟的毛線般包裹腳底，柔軟滑溜的觸感騷動心弦。

房門打開了一小角的縫隙，推開門後漆黑的室內有著一道四角形的青藍色光影，那是房內的一道落地窗，曦白的光線自窗沿爬進屋內，整座房間看來染上一層蒼白的色澤。

房間有些變化但也有不變之處。床具與記憶中的如出一轍，但那台室內腳踏車卻讓人感到陌生，電線散落的電吉他像一隻瘦弱的深海魚，在水中載浮載沉，油畫顏料像是一群鯷魚般漂浮，除此之外還有許多吸引目光的物品。機器貓、印有歌手標誌的全息影像投影機、無人機操控器。

看來那些原本只能存在幻想的興趣在出院後一一實現了，不過卻有些奇怪，這些物品絲毫沒有關係，甚至有些東西還維持著包裝完整的狀態，這樣的違和感與父母的主臥房相當類似，秀皓的內心浮出一道問題。

如果出院後的人生，對於我和父母而言一點也不快樂怎麼辦？

當期待轉變為失望後還剩下什麼？

人們通常會怎麼做？

—秀皓，那、那個，妳看……。

顫抖的聲音透過頭盔傳來。秀皓有些呆滯地游向站在床前的宣率，被娃娃遮住的黑色團狀物露出些微輪廓，秀皓呆愣幾秒後，急忙掀開棉被，那裡躺著另一個自己，她的肩膀以下被撕去，僅存完好的頭部，棉被之所以能膨脹鼓起，是因為沒有身體，唯有海水填滿縫隙。

秀皓凝視著自己的臉龐，然後環顧房內，她這才明白房間擺飾如此不和諧的原因，也明白了父母不將完整的回憶植入自己的腦部，只選用特定時間記憶的理由。秀皓將那座機器人的頭部抱進懷中，望向宣率，若是不馬上將心中的想法說出口，她似乎會當場崩潰。她無論如何都希望有人能替她否決眼前的事實，出聲否定這般不合邏輯的場景。

——啊，對了……妳不是說無法理解以前的人只將回憶儲存在電腦的行為嗎？我好像可以解釋原因了。因為電腦裡的檔案可以任意修改，隨時可以刪除或回復，所有東西可以毫無痕跡地拼接，妳看，我不也是這樣。如果首爾沒有被水淹沒，我就會這樣……會這樣在這個房間、以這個機器人的人生活著，截然不知有另一台機器的存在。

——可是……我還是覺得這樣不對。

宣率蹙眉，陷入思考，她過了許久才開口。

——為什麼？

——我也知道回憶是怎麼一回事，就像佑燦不停收集佑安姊姊的遺物，那是因為人走了，留下來的人只能藉由這些物品懷念他們曾經的回憶。但妳不一樣，妳可以獨立思考，也是個不斷成長變化的人。

다이브 DIVE

FROM：

TO：

《潛水：深海的記憶》

作家——丹陽단요

大樹林出版社
gwclass.com

一口氣講完話的宣率像是深怕秀皓會逃亡似地，用雙手緊緊抓住秀皓的肩膀。

—我的意思是，即使妳的父母是因為想把妳留在身邊才製作機器人，但妳不能認為自己僅是他們的物品而已。

雖然宣率急促的解釋對於人生提問太過天真，難以釋懷腦中苦澀的思緒，但不知怎麼地，好像讓心頭輕鬆了許多。

秀皓莞爾一笑。

結束與開始

秀皓回來老姑山後，隨即將自己與另一台機器人進行連結，工作室只有智歐與宣率，叔叔還留在屯之山，佑燦則去了蘆葦田。

●●●

以前深深相信若是離開醫院，就可以擁有跟普通人無異的人生，事實證明她的確朝那個方向邁進，卻只在光陰裡蹉跎，從未真正實現。像是朝著桌子上的馬芬飛去的鳥兒，卻在半路撞上了乾淨無比的玻璃牆，那道看不見的界線難以磨滅，想使盡全力衝破這堵牆的話，最後只會讓自己渾身是傷。

「叔叔，你現在都不問我要喝什麼了嗎？」

「喔。」

庚貶動眼皮，好不容易才想到。

「妳不是連水也不能喝。」

「這是心情的問題。」

秀皓簡短地駁斥一聲，她坐在桌邊，打開手機，累積了好幾通未接來電，其中還有一項新聞的推播通知，中國與俄羅斯的戰況愈演愈烈，甚至連底下的印度也蠢蠢欲動，雖然這次戰爭的規模影響範圍較大，但卻是稀鬆平常的事，在這個時代，戰爭已是家常便飯。

在那孤立又匱乏的時代，二〇一〇年代中期開始推動的低利率與量化寬鬆政策雖然發揮了經濟界的影響力，但用不了多久，當人們走出經濟大蕭條的泥沼後，氣候學者們的預言逐一實現，各國為了防止國土沉沒，紛紛大興土木，建造水利工程，建築業的股價水漲船高之際，讓所有百姓的生計也受到影響。當仁川國際機場、廣州的貿易港口與河內的工廠沒入水中後，全球共同經濟鏈成了上一個世代的天大笑話。

然後是混亂又災害四起的年代，海浪日益增高，海嘯和暴風雨席捲海邊的核電廠，中國的三峽大壩潰堤，數千萬人被急流沖走，歐洲各國為了阻止水勢便沿著海岸線築起巨大的水壩，南方孟買的山丘成為四散的小島，以前居住在小島的人被迫離開家園，數億人口的難民在橫跨海洋時，喪命於浪潮之間，即便海平面上升，海水淹沒土地，但久旱未雨的天氣，卻使得暴露於空氣中的土地乾裂貧瘠。

再來是人口爆炸，土地不足的年代。未泡在海水裡的乾地、得以種田的農地、還能挖出作物的田地，是當今最有價值的物品。無論是碳排放量、信用等級或是經濟制裁等，全都拋在腦後，只要有土地，等同於坐擁最高權力。強勢的國家不惜一切在邊境開戰，爭奪土地，導彈劃過頭頂的天空也是必然的發展局勢。

然後呢？

秀皓已經決定不再在乎這些事情，地球擠進了太多的人類，都是雖與歷史潮流一同呼吸共存，卻不足以成為歷史的人類們。秀皓也是其中之一，不，她其實不算人類，由於身分證字號在宣告死亡後就報廢（聽說因為手術失敗而過世——這不是多麼意外的結果），因此她沒有手機門號。

在韓國要成為一般國民需要身分證字號，不過機器人只有機器序號，沒有身分證字號。相關的法案在國會決議的門檻裡遲遲未決，因為無法判定究竟要以誰為對象實施，也無法判定客觀基準，諸多的反對意見之下，難有共識。也有許多人對於機器人的危險性抱持著懷疑的態度，若是有的機器人在得到身分證後乘坐飛機，進行恐怖攻擊的話，後果將不堪設想，機器本身可能就是一枚炸彈，就算經過再怎麼嚴密審查的海關檢驗也防範不了。

所以秀皓用媽媽的名字過活，死亡的人頂用家人的名義過活這件事，像是古老的日本小說會選用的題材，只不過這種人的生活一點也不如小說般精彩刺激。

再加上曾經答應如果來學校就要請吃飯的家教老師，如今就連一杯咖啡也不願意多加詢問。雖然秀皓能理解卻不開心，她選擇將埋怨放在心中，此時庚回到桌邊，生硬的語調與影子遮蓋螢幕的畫面。

「妳在看什麼？」

秀皓彎過手腕將新聞畫面拿給庚，他的臉上露出微妙的神情。

「啊，對了，隔壁在戰爭，好像第三次世界大戰還是什麼的，我也不知道。」

「專家們說可能性很大，可是我看紀錄片裡說，即使發生戰爭人們也不會馬上死亡，大家還是一如往常地上學、工作，而且現在也沒有波及到韓國……。」

「這樣不行，至少要放顆導彈在汝矣島。」

「什麼？為什麼？」

「汝矣島不是很多銀行總部嗎？我為了要還貸款很辛苦，匯完住院費後餘額只剩零了，再吃頓飯之後就剩負數。」

「那別吃飯就好啊，像我什麼都不用吃就可以活。」

「真是愛亂說話……。」

庚的表情突然沉重。

「我真的每天晚上都在思考這件事，如果這個世界完蛋了，就不用擔心這些事……每天就只要吃飽睡覺，然後心無罣礙結束人生，這是多麼奢侈的一件事。」

蔡秀皓已經死了三年，這三年的時間對庚來說是段很難熬的日子，並非因為關係良好的家教學生過世而感到悲傷，而是因為經濟問題而感到日子難熬。

喜姨的病情漸漸如同秀皓人生的最後一段路，他們家從以前就沒有父親，是喜姨獨自一人經營餐廳將庚養大成人。庚負擔不起醫療費，當他拿到碩士學位後隨即在中堅企業裡當研究員，即便在親戚面前可以光明正大地拿出名片，卻無法在存摺面前挺起腰桿。

庚不知道自己的未來將何去何從，他原本想攻讀博士，盡心盡力孝敬母親，結果卻與原先的計畫出現落差。雖然他順利就業，負起責任照顧母親，也支付龐大的醫療費，但他卻不認為自己是名孝順的子女。人們都是出於慣性而活著，無論母親還是自己。倘若人類奮力掙扎還是被洪流所拋下的話，或許就此果斷放棄，隨著潮汐墜落才是最正確的選擇。但出於慣性就是無法放棄，總是覺得只要熬過一時便能海闊天空的希望，讓人類終其一生備受煎熬……。

「我是因為死過一次所以知道這種感覺，其實死亡不是件壞事。」秀皓突然開玩笑地說。

「妳這樣說，那我算什麼了。」

庚伸手按摩太陽穴，長嘆一口氣，然後轉移話題。

「對了，妳母親有聯絡我。」

「我媽媽？」

雖然秀皓這樣問道，但她知道母親聯絡庚的原因，她已經離開家裡好幾天的時間，因為不需要洗頭、沖澡、吃飯，甚至不用闔眼睡覺，外出幾天對她來說根本不是難事。

「她說妳好幾天都沒有回家，問我有沒有妳的消息。」

庚不情願地往口中倒進飲料，表面融化出凹槽的冰塊變成一個個小容器，裝盛進冰咖啡。

「既然妳擁有了全新的生命，不應該更努力才對嗎？難道不該去體驗未曾經歷過的事情，或到處旅行也好。而不是選擇離家出走吧。」

「這哪是離家出走，我又不是小孩了，就只是成人外出個幾天的時間罷了，而且對於爸爸、媽媽來說，我也只是不在眼前兩天而已，他們只有週末才會回來，今天才星期日耶。」

「寄住在父母親家中，然後兩天不回家的小孩就算離家出走了。我的意思是，反正妳家的經濟狀況也不錯……可以盡情去做妳想要做的事情，過好自己的人生。」

這句話結束後，兩人陷入了冗長的沉默，庚不斷以指尖敲打桌面，看來他也意識到自己說錯話了。

「怎麼可以連庚叔也跟爸媽說一樣的話，讓人好心寒。」

秀皓和庚你一言我一句地持續閒聊至傍晚，然後道別。畢竟他們無法一起吃飯，更無法一同喝酒。庚需要到醫院照顧喜姨，而秀皓則是決定回家。

等候計程車抵達時，她在附近的文具雜貨店內買了一隻陶瓷小豬。那隻小豬是以陶土捏成鵝卵石的形狀，上頭再黏上可愛的鼻子與耳朵，一旁還用中文與日文寫著這是一頭祈求好運的小豬。

「庚叔，這是禮物，希望喜姨可以趕緊康復，她不是喜歡這種小動物嗎？以前她也有放一隻祈福貓咪在病房裡。」

接過小豬的庚，看了好一陣子後將其放進口袋。

「去醫院的時候我再轉交給她，謝謝。」

此時計程車來了，他們揮手道別，秀皓坐上計程車。原本開心的心情頓時冷卻，窗外充斥各式各樣的噪音，夕陽如香檳般恣意散發橘紅光輝，像是電影裡會出現的派對場景，所有的人事物全都擁有活生生的生命力，即使戰火已經悄然蔓延至這座小國家，但如同庚所說，即使導彈炸毀了汝矣島，還是會有人生存下來，仍然有人期許活著面對人生。

秀皓想揣摩這種心情，卻腦筋一片空白，以前這些理所當然的事實，如今只剩未清除乾淨的殘渣所剩無幾。

她曾認為可以漫無目的地走在首爾街頭是件幸福的事情，她渴望以雙腿行走在照片裡的場景。不可否認地是在成為機器人後，她其實相當快樂，甚至對於當時拒絕成為機器人的抗拒感到抱歉，因為光是再也感受不到身體病痛這件事，就已經讓整個世界截然不同了。

剛開始的幾個月，她嘗試過許多事情。騎乘單輪自行車，或是坐在最前排的位置欣賞表演，或是在草地上欣賞日出與日落，那時候也跟父母們相處得很自在。

但在終於能過上正常人的人生之後，許多不便也漸漸浮現，像是若要搭乘飛機就必須拔除電池，窩在行李箱內；去到觀光勝地的餐廳也無法食用任何一口食物；由於平衡性能太過良好，比一般人優越，練習單輪腳踏車時，根本無需練習就能馬上保持平衡。

每到此時，秀皓就會感受到那面現實與自我的透明牆。那些比想像還要不如或是比想像來得美好的現實就在眼前，但卻無法真實地親身經歷，而且在透明牆後的人也無法越過這堵牆，來到秀皓的面前。

有一次秀皓對於家族旅行的提議表現出不情願的樣子，母親隨即皺起眉頭。當她嘟噥著住院的經歷時，母親也表露出類似的神情，秀皓知道那副表情是什麼意思，當冷氣吹出熱風時，當掃地機器人卡在地毯間時，電梯因檢修而停止時，母親便會蹙眉，類似的記憶在腦海裡不勝枚舉。

當這些片段成為具體的疑問時，秀皓捫心自問自己身為機器的功能是什麼。難道是隨時永保笑容，乖巧聽話，不生氣、不惹事，永遠在太陽底下閃閃發光，不擔心未來也不過問以往，在任何的時間點皆一如往常嗎？這不是身為女兒該有的功能，也不是一個人類的功能。

她腦海中的疑問日益漸增。斷電之後的我，還是原本的我嗎？他們會不會修正我的程式碼，像修正錯誤般替換了我的一部分想法？會不會讓我忘卻這些心生不滿的時刻，對於所有事物都抱持著快樂的姿態，難不成我現在擁有如此多的疑問其實是系統出現錯誤，那個服從父母、善良聽話的女兒人格設定產生了錯誤才導致的後果。

當秀皓把自己關在房間後，爸爸就提出了進行檢查的建議，所以爸爸也將我視為機器嗎？回答自己去不了醫院後，父親回應說只是以防萬一，做個小檢查罷了。秀皓也曾在使用父母電腦的過程裡，發現通訊軟體裡有著關於重新設定的內容，他們討論著是否要刪除記憶。

雖然對話內容停在先觀察一些時間後再決定，但秀皓無法坐以待斃。她與父母親發生了劇烈的爭吵，父母說那僅是討論過的話題，並沒有真的打算執行的念頭，父母最後也向她道歉，並且坦承心底話，由於秀皓不想進場維修，也不願告訴父母她的心情，他們已經不知道自己還能替女兒做些什麼了。

所以，刪除記憶是父母認為可行的方法嗎？

秀皓當場跑出家門，連續四天沒有回家，在那之後也經常離家出走，想與父母和解的念頭，想與生命和平共存的希望每每破碎，化成絕望。那些曾使她開心的事物也失去光芒，她雖然已經沒有尋死的念頭，卻也找不到足以活下去的理由，她對於事物的期待感幾近為零。

但秀皓仍然活著。

人生雖然痛苦難耐，卻也持續進行。在苦難與幸福的兩端有著微妙的平衡，即使眼前的困境像是要摧毀一切，了無希望，但在黑夜之後黎明仍會到來。因此秀皓不想替這種事情冠上任何的名號，無論那是希望還是慣性，什麼都不重要了。

「星期三不是有跟妳說過，星期日要去看音樂劇。」

當秀皓一踏進客廳時，母親開口朝她說道，母親的聲音聽來像剛哭過，有些哽咽。秀皓記得母親提過音樂劇的事情，她明白母親亟欲想彌補家庭關係，但秀皓就是不情願。

「喔，對耶，但現在已經結束了。」秀皓面無表情地回答，並在腦海中浮現叛逆的幻想，若是因為不想去看音樂劇，所以在接到消息後就馬上奔出家門的話，媽媽會怎麼回答？會哭泣還是會生氣呢？還是會說沒關係？

「我又沒說我要去，不要擅自幫我安排行程。」

「算是拜託妳了，不管是表演還是展覽，都陪我去一次吧，上次也是因為這樣取消了機票……。」

母親用手掌輕拍沙發，要秀皓到一旁坐下，秀皓別過頭，裝作沒看到的樣子走過客廳。

「我就是不想去，一切都好無聊，每一天都好漫長，一點意義都沒有。」

「妳剛出院的時候，不是說什麼事情都想做嗎？」

「那時候跟現在又不一樣，能不能別管我，難道我非得要做什麼事才行嗎？」

當秀皓吐出這句話時，腦海深處的警鈴作響，繼續這樣下去只會迎來反覆的結局，在場的人全都開始大聲地說出相同的話。我不是想要求妳怎麼樣，妳怎麼能這樣對待我。

「難道我們對妳的要求很高嗎？我只是希望妳別一直待在家裡，不管什麼都去嘗試，這很難做到嗎？陪媽媽看齣音樂劇那麼不情願？不情願到要離家出走？」

果然不出所料，幾個月前在相似的爭執下，大家說出心底話後相互道歉，然後乍看問題得到解決，一家人又能和平相處，但如今秀皓連這樣的輪迴也感到厭惡，她沒有回答，逕自回到自己的房間。

「只要照著機器的設定，做好乖女兒的樣子不就好了嗎？為什麼要讓情況變得這麼難堪，為什麼？」

當她正伸手，準備握住門把時，痛哭的聲音止住了秀皓的動作，她轉過身望向客廳，母親掩面哭泣，彷彿是她自己聽到如此嚴重的話語般地受傷難過，母親的反應在秀皓的眼中是那樣可笑又詭異，她感受到怒火中燒。

她走回客廳，由上往下俯視母親，那名畏縮在沙發上的女子，像朵在包裝紙內硬生生枯萎的花束，如此有氣無力的模樣很難讓人相信，平時的她是個擁有專務職稱的公司高層，這個在女兒面前手足無措的母親，是個歷經挑戰、克服困難，形象精明強勢，只要搜尋母親的名字就能找到關於她的新聞。

在這樣能幹的科技人面前，自己是何種存在可想而知，可能是出錯的編碼，也可能是壞掉的程式，在母親的心中一定是如此，父親一定也差不了多遠，但沒想到他們還是不知放棄。

「製造我的公司不也說過了嗎，我腦中的想法就是蔡秀皓的想法，蔡秀皓不想要這樣過生活，我不能接受自己的名字做不了任何的事，我討厭無法進食，討厭二十四小時都要保持清醒的人生，我討厭不斷發現這些微小的差異性，我更討厭你們有時把我當成女兒，有時卻像機器人般對待我，如果這是場遊戲，我多想直接拔掉電源，不是因為痛苦，而是一點也不有趣，太煩人了。」

「那妳到底喜歡什麼？到底想要怎麼做？」

對啊，究竟想要怎麼做呢？她不知道為什麼許久以前就回答過的問題要反覆回答。她說過好幾十次只想安然死去，什麼都好。但是父母親永遠無法理解，最想要秀皓活下來的人不是蔡秀皓自己，而是他們自己的私欲。

除了秀皓之外，每個人開口閉口說只要活著就能擁有豐富的選擇，但她從不這麼覺得。

「我只想躺在床上等到所有的關節和零件全都生鏽、機械停止運作的那天來臨，或是有人能把我揍到壞掉或一把火燒了，我也希望你們可以親眼目睹這一切，這樣就不會再有製作機器人的念頭了。」

「秀皓。」

這句反抗的話語以超乎常理的冷靜語調流淌而出，秀皓的心不溫也不冷，只感覺胸口有團濃稠、黏膩的團狀物堵住喉間。

「打從一開始要做機器人時，你們就未曾真正站在我的立場思考過，難道真的認為我會感到開心？我說過多少次不願意了。所以別在我面前哭，更別追問我到底想怎麼樣，擅自把我變成這副模樣的人是爸爸跟媽媽，接下來要怎麼做也請你們自己想辦法，不要把責任推到我身上，如果覺得再也受不了我，就把電池給拔了，這樣不就結束了嗎？」

沉默許久之後，母親像隨時會昏倒，整個人支離破碎。

「秀皓，我們怎麼能夠那樣對妳？」

「你們不是說我是機器？說我是被製造的？還說要刪除我的記憶，既然這樣為什麼無法狠下心拔電池？」

「秀皓，我們怎麼能對妳做那種事呢……。」

母親雙眼無神，視線落在秀皓身上，她們像對望的鏡面，在反射的鏡像中苦苦找尋渴求之物。

「秀皓不是乖女兒嗎……身體不舒服也都忍過來了，現在可以隨心所欲的活動自如，也不會再受傷了。秀皓，妳知道媽媽有多愛妳嗎？」

秀皓總是摸不清頭緒，父母想要的是蔡秀皓還是可愛又善良的女兒。不知不覺間她認為是後者。仔細想想，大概連他們自己也難以區分，她感覺到身體裡不擁有的內臟攪成一團，不斷翻騰，她強壓那股作嘔感，彎下腰抱住母親，僵硬的身軀像是隨時會原地粉碎，像是胡亂揉成後風乾的黏土。

「媽媽，對不起我亂發脾氣，妳知道我是愛妳的，我也知道妳跟爸爸是愛我的，對不起……。」

聲音透過喇叭傳出，再次從麥克風收到的聲音是那樣殷切，與記憶中重蹈覆轍的對白一模一樣，因此更加使人厭惡，媽媽以後也會繼續相信眼前的蔡秀皓是個可愛又善良的女兒，但我不是這樣的人啊。兩人相擁一陣子後，母親的身體也失去力氣，不再僵硬。

後退一步的秀皓，將雙手放在母親的肩上，與之對望，那雙空洞的雙眼，似乎出現閃光，瘦弱的雙手回握秀皓的手臂，但觸感像是手銬般冰冷又沉重，甩開那雙手的秀皓衝向洗手間，將門鎖上。

不過無論她再怎麼樣抓著馬桶大力作嘔，仍然沒有東西自喉嚨湧出，她感覺若是打開嘴巴用手電筒照進體內，一定可以看見翻攪成一塊的五臟六腑，但她什麼都沒有，除了滿溢的噁心感之外，僅有組成機械的冰冷金屬塊。

若是可以將所有一切傾吐而出後昏厥過去該有多好，將無論是記憶還是痛苦都吐完後，隨即恢復正常，若無其事地乘著懸浮滑板出門、學畫畫，繼續當父母的善良女兒，但是秀皓並不想這麼做，她覺得倒不如刪除記憶，順從父母的意願活著更好。

問題再次回到了原點。

為什麼一定要活著，究竟是為誰而活？我為什麼會產生這個問題？

庚，庚叔，她忽然想起他。庚叔那副若無其事的態度，好像無論告訴他什麼事都能釋然，雖然坐在病床上所夢想的世界，僅存在於幻想之中，而庚叔也被迫向現實低頭，成為了服從慣性的人，但是……。

秀皓拿出口袋中的手機，翻找庚叔的號碼，在聽了四次的流行曲來電答鈴後，電話終於接通。

「庚叔？你在忙嗎？」

「我在醫院，現在來到走廊，怎麼了？」

「我剛剛知道一件超好笑的事情，我沒有辦法嘔吐，吐不出東西來，我覺得身體器官全都翻攪成一塊，但就是吐不出東西。」

應當要流下眼淚的時刻，但秀皓的視線卻清晰無比，她瘋狂大笑，電話那端的聲音卻不明所以。

「妳到底在講什麼，要開玩笑的話，我先掛斷了，我、我現在沒有心情陪妳開玩笑。」

「不好笑嗎？我笑到不行耶，因為不能吃東西，所以也無法嘔吐，不能喝水，所以連眼淚也流不出來。」

秀皓邊笑邊說。

「我現在在家，剛才跟媽媽吵架了，她說不喜歡我只窩在家裡，要我隨便去做什麼都好，她是為了讓我自由活動才做成機器人的，她不想聽到一台昂貴的機器口口聲聲要尋死。」

「可是……。」

叔叔躊躇之下開口。

「妳還是要考慮父母的心情吧。」

「但我一點也不快樂啊，為什麼要為了成就別人的幸福而活，我什麼也不想做，打從一開始就沒有該活下來的理由，我早就死了，我理當可以死得安穩，不被任何人打擾。」

庚叔過了許久皆沒有回應，在沉默的寂靜裡僅有各種噪音迴盪。裝載抗生素的手推車在走廊上匡當作響，護理師們彼此呼喊，雖然能聽見庚來回踱步的聲音，但似乎只在原地繞圈，所有聲響沒有漸遠也沒有漸近。

不久後腳步聲停止。

「秀皓……我其實無法理解妳跟父母吵架的原因，現在已經沒有任何身體病痛可以折磨妳或阻擋妳，父母也都願意給予任何一切妳所要求的事物，妳無須擔心經濟，也不會某天健康惡化。而我，我媽媽卻不知道什麼時候會離開人世，接下來還要接受手術……而妳已經結束這一切的折磨，妳已經重新開始了，不是嗎？」

在庚語無倫次之後，秀皓這才發現未曾注意過的事實。那個曾替她的世界帶來樂趣的家教老師早在好久以前就消失了，大概是喜姨病情惡化，庚停止攻讀博士學位後，他就一點一滴改變了，而這不是庚的錯。

那麼我又該怎麼做才好。

活生生地被強制重新開始，被迫面對人生的我，該怎麼做。

秀皓喃喃自語，閉上雙眼、睜開、再次閉上、睜開。

幾經眨眼後，宣率出現在視線內。

晚霞的空位

秀皓撫摸後頸，抓住電線的另一端，將其拔起，宣率的眼神流露出擔憂與害怕。

「沒事的。」

秀皓讓湧上來的孩子停下腳步，緩緩轉頭，她環顧四周，讓工作室的畫面輸入腦海，同時她也感受到地面堅硬的觸感，那些在腦海裡混亂的片刻逐一井然有序地浮現。當時跟父母吵架後，她撥電話給庚叔，然後半夜自屋頂跳樓，第一副身軀的記憶就在電池爆炸的火光裡成為黑幕。

她決定不追究父母什麼時候決定再製造另一台機器人，也不會刻意尋找父母的下落，也不打算追問叔叔當時為什麼說那些話。雖然這都是難以接受的事情，但卻明白每件事發的原因。叔叔無法輕易說出過往的事，只將陶瓷小豬放在櫃子外頭的行為來看，就知道叔叔對於秀皓帶有很深的罪惡感，秀皓明白的瞬間雖然感到不安，卻很快釋懷。

身負苦痛活著的人們，總是四處尋找全新的開始，就像若是砍去大樹的根部，枝幹也會跟著枯萎死去，人們總是相信只要剔除痛苦的根源，其他的苦難也會隨之消失。因此對於二十七歲的庚叔而言，自己就像是坐在幸福樂園裡抱怨連連的小孩，即使那三年多的記憶對於秀皓和父母而言是一場惡夢，而非夢幻國度的旅程。

有些痛苦即使來到另一個世界仍會延續不滅。無論是全新生成的痛苦或是記憶裡的傷疤再度鮮明灼熱，並且更有可能同時發生。像是在父母的通訊軟體裡發現討論刪除記憶的內容後，曾經的過往都變調扭曲。也如同叔叔現在仍然被困在二〇四一年到二〇四二年之間的某天一樣。

秀皓想像著叔叔仍不停跟隨著那些早已劃下句點、失去意義的時光過活。如同潛水員在身上所綑綁的繩索般，叔叔也將這些記憶束縛於身，不斷自水底打撈痛苦的記憶。即便喜姨早在淹水前就過世，即使墜樓的機器人也早就在海底沉睡了，他仍屈服這道慣性。

不過，叔叔也擁有全新開始的機會，而這項機會的鑰匙一部分握在秀皓的手裡。

「宣率。」

「嗯。」

「我們不是說好了，妳替我找尋記憶，我替妳出席比賽。我們完成了彼此的承諾，現在可以討論之後的事情。」

●●●

「如果我告訴妳，我跟叔叔從以前就認識的話，妳相信嗎？」

秀皓帶著宣率走出屋外有些距離的地方，如此開口。秀皓接下來所說的故事雖然相當陌生，卻有著熟悉的部分，宣率說不出一句話。這股心情彷彿突然驚覺那些原被當作是破碎之處，其實是鑰匙孔的位置。

「所以叔叔願意不逼佑安姊姊服藥，就是因為想起妳的心情嗎？」

「應該是的，他不想重蹈覆轍逼迫另一個人活下來。」

秀皓告訴宣率，叔叔沒有向佑燦解釋是出自內心的罪惡感，即使身旁的人可以理解叔叔的作為，但叔叔卻無法原諒自己。

「再怎麼說他還是眼睜睜看著一個人在面前死去，怎麼可能輕易想開，心底還是希望有人能責怪自己。」

「我認為這件事也與妳有關。」

「我也認為，只是沒辦法明確定義哪個部分是我的問題，其他的部分又該歸咎於誰……。」

世界隨著這句話安靜了下來，關於叔叔的話題沉浸在樹蔭之下，她們走了好一陣子後，抬頭發現遠方水面上的波光粼粼，此時的天空如同秀皓希望宣率替她找回記憶的那天般，漫天霞紅，那是幾天前了呢？

仔細想想，竟然才不過半個月的時間。更令人訝異地是在這段短暫的日子裡，找回了秀皓遺忘的四年以及叔叔所經歷的十五年時光。雖然年分、日期、時間是以一為單位增加或遞減，但並不代表事情在每個人身上發生的先後順序。

宣率瞥向秀皓的側臉，餘暉描繪著她的輪廓，自臉頰蔓延暈染，在那之上宣率望見十五天前的秀皓，兩張面容交疊成眼前的她。好像儘管在遙遠的以後，只要在黃昏時分坐在這裡，就能瞧見今日所見的秀皓，無論春夏秋冬、年分、月分、日期等數字為何，只要晚霞到來，就能見到此時此刻的她。

宣率知道這並非全然的好事，因為無法觸碰的幸福是最真實的悲傷，無法倒轉的過往將烙印為後悔的印記。即便我們的人生有許多機會能回顧曾經的片刻，但相反地未來仍有機會遭遇一樣的事。過往與現在息息相關，叔叔是如此，佑燦也是如此，他們各自背負罪惡感與憤怒活過每一天，從事情發生的當下到現在的此時此刻。

心想至此，宣率浮出疑問。當一年、兩年過去後，甚至十年、二十年過去，這片晚霞對自己而言代表什麼意義，然後秀皓又會在哪裡。

「妳之後打算怎麼做？」

「妳指什麼？」

「這些事啊，妳要跟叔叔說，還是直接拔掉電池，妳原本不是說找到回憶之前會待在這裡，所以才問妳現在打算何去何從。」

「我也正在思考。」

秀皓沒有發出聲音，嘴角靜靜上勾。光影交錯的表情，猶如落日前的水波。

「宣率，妳希望我怎麼做？」

「我嗎？」

「嗯，我認識的叔叔是以前的庚叔，而妳已經認識老姑山的叔叔十五年的時間，而且以後也會一同生活，我認為說不定妳來做決定會更好。妳覺得選擇告訴他比較好，還是不告訴他比較好，因為如果我們什麼都不做，我想叔叔也會繼續裝作認不出我。」

宣率的思緒飛往了十五天前，從首爾的海底將機器人帶回來的那天，當時叔叔說不能擅自喚醒秀皓，率先做決定是自私的行為。

既然如此，那麼幫助他人面對過往跟擅自喚醒他人，使其面對現在，兩者又有何差異，這個世界從未事先告知或經過商議後才讓我們面對突發狀況，每當措手不及的時刻來臨時，我們只能坦然面對。

宣率心想或許這是心態的問題。我們應當伸手接納他人的現在，與當事人共同面對事實，而不是挑出錯誤或企圖改正他人。不過在接受的同時，也要記得負起身為旁觀者的責任。

「我會如實告訴他。告訴叔叔無須為了那些事感到罪惡，而且如果妳有話對叔叔說，也要全都告訴他，然後也給佑燦時間讓他們溝通，然後……。」

雖然尚未實踐，但光是透過當事人提起當年的事，就足以讓心中的結慢慢鬆開。宣率回想起自己、叔叔和佑燦，漸漸放下了多年來的自責、愧歉與埋怨，只不過她的腦海還留有秀皓的名字。

宣率望了一眼秀皓後，將視線轉往海上。那片一望無際、捲起浪花又拍打散去、永遠不曾離去的大海，水中央那塊圓滾的紅，將自身的一半浸泡在水裡。

白天的痕跡即將沒去。

沉默。

世界轉為漆黑。

「然後？」秀皓開口問道。

「我希望妳再次答應我，不要搬去其他座山，也不要去江原道，繼續待在這裡，至少在還喜歡我、喜歡這座山的期間裡留下來。我不是因為妳很會游泳，或是因為沒有氣瓶就可以潛水才希望妳留下，而是因為當我看到夕陽就會想起妳，我相信以後也會這樣，所以如果妳離開了，每當落日時這裡就會出現空缺。」

宣率說出了她的想法。

繼續停留

在秀皓和宣率在水邊講話時，智歐也去蘆葦田找佑燦。他告訴佑燦，宣率答應要替秀皓找回記憶，兩人找到了以前的身體，不過不知道那裡面有什麼資料，但是照秀皓與宣率獨自談話的模樣看來，應該很重要。過了不久後，秀皓與宣率也來到蘆葦田，她們告訴兩人關於庚叔、庚叔與家教學生、秀皓和老姑山叔叔之間交錯的故事。佑燦不發一語地聽完之後，表示想與叔叔見上一面。

四個人一同回到工作室，收拾零亂的電線，將第一台秀皓移至蘆葦田。天亮後，叔叔從屯之山回來了，當他走至山頂看到智歐在等他回來時，不禁露出訝異的神色，在淹水後的世界，等待對方是件不可思議的事情，當秀皓曾聽智歐這樣說道時，覺得或許這就是彼此的命運牽引，或說是某種預感吧。

智歐陪叔叔到工作室後就去了蘆葦田。工作室裡有著秀皓和宣率。

●●●

「秀皓決定要待在這裡了。」

「當初說比賽結束就要去找以前的家吧……有找到什麼嗎？」

「找到很多。」

宣率盡可能地說明一切。雖然已經找到了對於秀皓來說必要的東西，但或許那並非是只屬於秀皓的記憶。開頭加上的「或許」不是因為心有存疑，而是保留叔叔可能會否定的進退空間。宣率接續提起第一台秀皓的故事。

提起第一台秀皓的事時，叔叔仍難以將視線放在秀皓的身上。

「妳說將她放在蘆葦田了。」

「佑燦也在那裡，他聽完這件事後說一定要見你一面，他原本打算搬去江原道之前想要跟你談話，剛好趁這個機會可以好好聊。」

「這是一個機會。」

機會二字突然有了截然不同的語意。機會不是只能發生在未來，也可能發生在過去的事件，能替曾發生過的事情劃上句點，甚至創造新可能的機會。宣率不再開口補充而是望向秀皓，叔叔這才直視秀皓。

「妳從什麼時候就認出我了？」

「知道叔叔名字時的那一刻。」

「也對，我的名字很特別。」

「叔叔呢？」

「……我不知道自己是不是在做夢。」

叔叔將首爾所發生的事和幾天前發生的事混在一塊，毫無頭緒地說著。他說當時隔天打電話給秀皓時是她母親接的，然後與秀皓坐在水邊的畫面出現混淆，但是即便如此，自己在這段期間內沒有露出慌張的神色，想必有當政治人物或是演員的天分，只是現在國會議事堂和電視台都淹水了，也不用感到太可惜。

有些話語雖然是玩笑話但聽起來卻很沉重，而沉重的話一樣嚴肅。然而叔叔卻無法坦然道歉，他像是恐懼萬分也像懊悔不已，當他的話語支支吾吾，纏繞在道歉的周圍四、五次後，秀皓猛然起身，說要先將第一台的頭部放進海底再回來，因為不是將其埋在地下就能守住她的回憶，秀皓相信第一台的自己也不希望如此。

秀皓很快地離開工作室，宣率跟著她走出工作室之際，在開闔的門縫間，叔叔也緩緩起身。

●●●

蘆葦田有一台壞掉的機器人，有智歐與佑燦，還有佑安的沉睡之地。叔叔站在原地許久後，望向每一個人，像是看著凌亂的房間，思索該從何處開始整理。叔叔最後選擇回到十五年前開始說起。

或許叔叔打從起初就知道該怎麼開口。

其實那天。

我起床後隨即打電話給妳，想對妳道歉，然而是妳父母所接，因此那句道歉就這樣深埋在心底，我為了這件事後悔了許久，也曾為此輾轉難眠，母親去世時，我也反覆過問自己，失去母親的悲傷會比失去短暫的家教學生還難受嗎？

母親說自己如果是活在更久以前的世界，應該很快就能解脫，但現在的醫療毫無用處地過度發達，已經到了折磨人類的地步，並且是同時折磨著該活下來的人與該死去的人，但是我不認為醫療是毫無意義，也不認為自己是被折磨的，即使到現在仍是如此。

但是以她的立場來看，想必是痛苦的。在她的告別式結束後，我感到如釋重負也是不可否認的事實。我感到悲傷的同時也感到解放，甚至覺得自己是不是失去理智，明明一切都結束了，卻感到更加害怕。

所以某一天，我心想一定要打電話告訴妳。

當然電話無人接聽。

我想起曾經告訴過妳，出院後要帶妳到校園走一趟，但已經沒有人能在乎這項約定了。我走在校園裡，慢慢爬上山，坐在山頂好一陣子後，整個世界瞬間被水淹沒，爾後我的身邊出現了一些人，其中有一個人（佑安）獨自走進了海中，她溺水，相當痛苦，而我，沒有給她藥吃。

我不知道這段期間腦海都在想什麼。

好像想起母親，也好像想著妳。我幻想著人們會嘲笑我或厭惡我，我並非害怕，反倒是希望他們這麼做，或許正希望讓自己的心更加沉重也說不定。當妳再次出現於我的面前時，我也是帶著相同的想法。

總之就是這樣。

總之就是這樣，這次是佑燦開口道歉。

叔叔說佑燦無須道歉，然後凝望著秀皓。

秀皓說叔叔不需要因為這件事感到痛苦。

●●●

秀皓和宣宰一同來到海底，這次是叔叔開船載她們，秀皓在海底深處，不是以前的公寓，也並非醫院，就只是在海底的某處，將第一台身體放置在原地。

●●●

智歐與佑燦留在蘆葦田間，斷斷續續地搭話。智歐說一句後，佑燦即會沒好氣地回應他，然後中間又隔了許久的沉默，當中還有廣播的雜訊聲，若有似無的頻率在空氣中迴盪。

轉動按鈕的智歐突然開口：「好奇怪。」

「又怎麼了？」

「因為一位半個月前才出現的女生，竟讓這一切的誤會突然隨風消散了。這五年的時間，叔叔、宣率、佑燦哥甚至還有治亞的事，大家的問題如繩結般纏繞，無論誰怎麼努力都解不開，卻在她的出現後頓時劃下句點。」

佑燦輕撫蘆葦輕輕開口，他的聲音聽來格外緩慢低沉。

「我們的問題並非糾結了五年的時間，其實剛好相反；我們在五年的時間漸漸柔軟、放下，等待一個能解開的時機，當我上次提起姊姊的忌日時不也說過，總有一天收集她的遺物也將變得不再具有意義。」

「但若不是秀皓的出現，我們有可能解開彼此的心結嗎？」

「話是如此沒錯，但如果她早一些出現，結果可能不會像今天這樣，即使我不知道會有什麼不同，但知道一定會跟現在不一樣。」

智歐咀嚼著這些結束的事情，或許這便是情感的力量，那些銳利刺人的回憶被時間覆蓋，就連最沉痛的悲傷也能被改變，這些傷痕不是被抹去，也不是被遺忘，更不是避而不見，而是透過時間的變遷與情感的積累，習得直視這些傷痛時不再疼痛的方法。

這些貨真價實的時間，也成為迎接全新開始的跳板。

「現在真的要動身去江原道了嗎？」

「已經沒有留在這裡的理由了。」

「以後沒有機會見面了？」

「我怎麼知道。」佑燦一如往常地嘟噥著。

「那你聽聽這個。」

智歐調大音量將收音機放在地上，終於能正常收發訊號了。在嗡嗡聲中一名女子唱著不知名的語言，歌聲在蘆葦草間搖曳，那是從地球的另一端，比起江原道更遙遠的彼方所傳來的樂音，宛如道別的曲目也像是熱烈歡迎的音符。

●●●

「就是這麼一回事。」

秀皓與宣宰召集孩子們，大略向他們說明昨天的事，其實秀皓在首爾就已與叔叔認識，而且因為那段期間的回憶使得佑燦與叔叔和好。

由於佑安過世後，原本的居民大量搬離老姑山，當時的事對大家都是一段不好的回憶，孩子們因為不是當事人，無法像宣宰一樣理解佑燦的心態，可能對佑燦心生誤會，因此宣率認為應當告訴孩子們來龍去脈，同時也得到了叔叔的准許。待宣率說完後，孩子們的問題蜂擁而上，既然認識為什麼一開始沒有相認？以前的記憶又跟佑燦哥有什麼關係？他們是怎麼和解的？

詳細回答完這些問題後，孩子們不約而同地陷入沉默，然後這些深黑的眼珠們開始欲言又止，像是在空中推卸起責任般，不久後一道聲音響起：「妳跟秀皓姊姊不是最熟嗎？她第一次提起那件事就是對妳說的。」

爾後，那個被稱呼「妳」的孩子在躊躇之下終於開口，治亞望著秀皓說道：「姊姊不是說如果找到記憶就要去其他的地方，所以我昨天很擔心，因此去了一趟工作室，那裡有一台機器跟妳長得一模一樣，但是已經壞掉了。」

「妳是在我們短暫出去時看到的啊，那是以前的我，現在已經不在這裡了，以後也不會再看到她。」

「那姊姊呢？」

「嗯？」

「姊姊會一直待在這裡嗎？」

秀皓點點頭，回答自己會留在老姑山。

喚醒妳的話語

「妳還有想知道的事嗎？或是想去的地方。」

「現在沒有什麼想法，不知道是不是因為以前的事情瞬間結束的緣故。」

那一天宣率也在山丘目送夕陽，牽著秀皓的手入睡。夜晚的空氣總是那樣濕潤，還有飛蟲穿梭。或許因為如此，經常中途醒來的宣率望見秀皓後會再度入睡。夢與夢之間的間距很短暫，那是什麼都沒有的空白時間，無論是明天或後天，太陽西下後黑夜仍會覆蓋大地，空氣一樣潮濕，但今天與昨天是截然不同的一天。

而她不知道秀皓有沒有入睡，前幾天秀皓總是比宣率晚睡，又比宣率早起。待宣率起床告訴秀皓心中的疑問後，秀皓笑得很開心，她說省電與喚醒為分開的兩道指令，省電模式雖然可以自行設定時間，但中途喚醒則需要透過他人。

「以後如果看到我還在睡，記得叫醒我。」

秀皓雖然沒有入睡的必要，但在進入省電模式後感覺像是時間背著自己移動般，相當有趣，她說自己很享受能夠無憂無慮等待時間到來的感覺。宣率想起第一台秀皓，她在當時是否能安然入眠，倘若閉上眼睛就可能進廠維修，有誰能真正心安，但是宣率並未開口問道。

宣率明白這不該是自己該有的疑問。

不過宣率有著喚醒秀皓的方法。

宣率說那不是指令，只是一個單字，像是對秀皓說一句話罷了。

秀皓光是這句話就足夠了。

隔天，宣率喚醒秀皓後，與孩子們一同幹活，然後前往水邊教導治亞潛水。晴朗的天光照亮海平面，澄澈透明的海水成了全新的色調種類，時間來到午後，首次將氣瓶綁在腰間，戴上頭盔的治亞看上去有些害怕也有些興奮，宣率凝望著頭頂的湛藍，再次潛入另一片相對的湛藍。牽著治亞的手潛至五、六公尺深後浮上水面，她未見秀皓的身影，方才明明還坐在岸邊。

宣率脫去頭盔，不停東張西望，治亞見狀也脫下頭盔。

「姊姊，妳在找什麼？」

「我沒有看到秀皓。」

「不是在那嗎？」

治亞指著背對灌木叢的位置。秀皓第一天來到老姑山，爬上山丘後也是坐在相同的位置，那天的影像與眼前的重疊，使得宣率看得出神。秀皓轉過頭似乎在隱約間望向宣率，爾後她爬上石頭，躍身跳往海裡，撲通一聲。宣率突然心頭一沉，是我只顧著教導治亞，忽略了她嗎？如果她永遠不浮出水面怎麼辦？即便知道這些皆是多餘的擔心，也認為已將這些擔憂放在落日的餘暉之間了，但還是油然而生。

下一秒秀皓浮出水面，就在宣率的眼前，秀皓雙眼凝視宣率，嘴角露出微笑，沉默片刻後，治亞像是遲了一拍的節奏器開始大笑，快樂的喧鬧聲如輕柔的海浪陣陣拍打，透明的陽光不知不覺中染上柔和的觸感。秀皓以躺姿漂浮於水，將沉睡的記憶化作吊床，不被其牽引，也不離它遠去，與那份記憶維持最自在的距離。

那副模樣如同過往的時間般熟悉，也如今天首次望見般嶄新。宣率眨眼，秀皓見狀困惑地眨動雙眼，來到宣率的身邊，輕輕握住她的手，兩隻手逐漸靠近的空間裡，流瀉出多餘的海水成為海洋的一部分，她們觸碰、填滿，像是成為一體，也如一份圓滿的喜悅。

宣率感受到那些殘留的不安消逝在風中。

一切彷彿就此劃下句點，迎向全新的開始。

宣率光是這樣就已經心滿意足。

韓文版謝辭

二〇二〇年一月新冠肺炎疫情開始肆虐時，我執筆寫下《潛水》，直到二〇二二年五月才完成作品。短短兩年半左右的時間，我們的世界逐漸與《潛水》的世界愈來愈相似。我們已經跳脫名為成長的童話故事，準備迎接割捨的時代。即便沒有發動戰爭、首爾沒有沉入海中，但身不由己要放棄理所當然的觀念或被迫忘記珍貴事物的時代儼然來臨。不過人們依然持續活過每一天，最重要的是抱持著不隨意輕忽彼此的信念，繼續活下去。

在此向使這部作品順利出版的每一位工作人員致上感謝。創批出版社青少年出版部的鄭紹英部長、具本瑟編輯、教保文庫劇情組的全政ＰＤ。同時也謝謝我的朋友鄭喜允和朴太郁，還有多次幫忙我的李真作家。最後同時也向讀完這部作品的讀者們，致上最深的謝意。

書評

當災難淹沒記憶：讀丹陽《潛水》

——翁智琦
國立臺北教育大學台灣文化研究所助理教授
曾任韓國釜山國立大學中文系客座教授

《潛水》是作家丹陽二〇二二年出版的青少年小說，故事背景設定在二〇五七年的韓國首爾，描述當時面臨世界冰河全部融化、海平面急劇上升，戰爭爆發，以及首爾市被大水淹沒後的生活。那時候，這座大都市裡的高樓大廈與便利生活都已經成為過往雲煙。對於居民來說，現代性、科技與機械時代都變成了魔法，像水龍頭打開就能流出熱水這樣的日常，成了無法想像的奢侈。

《潛水》的靈感來自近年的疫情，這讓丹陽開始思考疫情所帶來的各種危機與反思，如戰爭、氣候暖化以及全球共同經濟鏈等。這些議題成為丹陽內心巨大的憂慮，於是他在小說中塑造了二〇五七年首爾的未來世界，讓我們能夠思索當下並推測未來的可能的生活方式。

當災難發生，世界被大水淹沒，人類失去許多物質文明時，還剩下什麼能頑強地存活下來？丹陽在小說中提供了一個人機合體的科技解方「Icontrols」，這是一種使用最新神經位元掃描科技的系統，能在機器人身上完整重現已逝親友的記憶與意識。

事實上，在洪水來臨之前，人們就開始使用 Icontrols 這套記憶科技，主人公「秀皓」就是一個有人類外表的機器人。它在成為機器人之前，是個罹患重症的少女。父母為了延長她的生命，因而決定購買 Icontols，讓心愛的女兒從肉身變成人機合體的機器人繼續活下去。秀皓在成為機器人之前，必須先選擇要汲取哪一段記憶，這樣的機制其實是讓人類在思考記憶時，必須以遺忘作為起點。因為為了留住某段記憶，就必須忘掉其他東西。顯然，洪水之前的首爾，是個依賴 Icontrols 所代表的高科技來維繫人際關係、理解世界、追尋自我實現的社會。

然而，Icontrols 作為人類記憶機制的科技平台，會有選擇、價值和持續時間的問題。比如：如何決定記憶與遺忘？誰能決定記憶與遺忘？為甚麼這段記憶要被記憶或遺忘？如果選擇記憶或遺忘這段回憶，之後會留下或失去甚麼？

丹陽雖在小說中創造了 Icontrols 這套科技來重現記憶，仍對這樣的解方抱有許多疑慮。因此，小說才會在 Icontrols 科技出現後不久，就安排大洪水將一切淹沒，也使得這套掃描科技沉入首爾深處，直到二〇五七年的某一天被潛水探險的少年少女們重新發現。

有趣的是，在災難後的世界重新挖掘出由這套科技製成的機器人時，反而成為二〇五七年首爾的人際關係網絡中的關鍵潤滑劑，因為它戰勝了不可逆的時間。

當首爾社會因洪水陷入混亂，人們的倫理秩序和道德觀念都崩潰了，二〇五七年的首爾已重組成全新的倫理道德文化。

小說中的角色們因不同的生命觀互起衝突，有些人是因為背負著洪水前的苦痛、有些則是受到洪水後新創傷影響。然而，丹陽珍視每個人的創傷，並且帶著否定「時間可以修復創傷」的態度寫下：「即使意外已經過去很久了，但在人們的心中卻不會結束。」雖然人們不知道要經過多少時間才能修復創傷，然而小說中指出科技保存下來的人類記憶，足以讓我們願意再次面對擱淺在你生命中許久的遺憾。

因此，如何面對死亡？這問題是小說中一再出現的探問。即便故事對生命以及其中交織的政治、權力充滿質疑，但丹陽仍希望留給讀者一些盼望。因此，Icontrols科技製造的機器人的出土與隨之發生的事情，在在說明生命可以交易、記憶得以填補、未來值得期待。

這本小說提供了對於生命、死亡和時間的深刻思考，也讓我們思索著，當時間不可逆地推進著生命的旅程時，我們是否願意以保存記憶繼續前進。

你願意保存記憶，改造成機器人繼續活下去嗎？

這是一個挑戰人們對於記憶和生存的價值觀的問題。小說中的人機合體科技讓人們能夠保存記憶，填補遺憾，但同時也讓我們面臨記憶與遺忘之間的艱難選擇。

國家圖書館出版品預行編目 (CIP) 資料

潛水다이브（DIVE）：深海的記憶 / 丹陽（단요）著 ; 莫莉譯 . -- 初版 . -- 新北市 : 大樹林出版社 , 2023.10
面 ;　公分 . -- (讀小說 ; 4)
譯自 : 다이브
ISBN 978-626-97562-1-6(平裝)

862.57　　112011910

讀小說 04

潛水다이브（DIVE）：深海的記憶

作　　者／丹陽（단요）
譯　　者／莫莉
封面、內頁繪圖／Kushgraphic
總 編 輯／彭文富
主　　編／黃懿慧
內文排版／邱方鈺
封面設計／木木 Lin
校　　對／陳榆沁、賴妤榛
出 版 者／大樹林出版社
營業地址／23357 新北市中和區中山路 2 段 530 號 6 樓之 1
通訊地址／23586 新北市中和區中正路 872 號 6 樓之 2
電話／(02) 2222-7270　　傳真／(02) 2222-1270
E-mail／notime.chung@msa.hinet.net
官網／www.gwclass.com
Facebook／www.facebook.com/bigtreebook

發 行 人／彭文富
劃撥帳號／18746459　　戶名／大樹林出版社
總 經 銷／知遠文化事業有限公司
地址／222 深坑區北深路三段 155 巷 25 號 5 樓
電話／02-2664-8800　　傳真／02-2664-8801
初版／2023 年 10 月

定價／350 元　　港幣／117 元　　ISBN／978-626-97562-1-6